江苏公安作家丛书

坚守之美

王学权／著

图书在版编目（CIP）数据
坚守之美／王学权著．—北京：群众出版社，2015.6
（江苏公安作家丛书）
ISBN 978-7-5014-5284-2
Ⅰ.①坚… Ⅱ.①王… Ⅲ.①散文集—中国—当代 Ⅳ.①I267
中国版本图书馆 CIP 数据核字（2014）第 241990 号

坚守之美

王学权 著

出版发行：群众出版社
地 址：北京市丰台区方庄芳星园三区 15 号楼
邮政编码：100078
经 销：新华书店
印 刷：北京通天印刷有限责任公司

版 次：2015 年 6 月第 1 版
印 次：2015 年 6 月第 1 次
印 张：5
开 本：880 毫米×1230 毫米 1/32
字 数：124 千字

书 号：ISBN 978-7-5014-5284-2
定 价：22.00 元

网 址：www.qzcbs.com
电子邮箱：qzcbs@sohu.com

营销中心电话：010-83903254
读者服务部电话（门市）：010-83903257
警官读者俱乐部电话（网购、邮购）：010-83903253
文艺分社电话：010-83903973

本社图书出现印装质量问题，由本社负责退换

期待江苏公安文化的春天

祝春林

在深入学习贯彻党的十八大和十八届三中全会精神、大力推进文化强警战略的重要时刻，《江苏公安作家丛书》编辑出版了，这是江苏公安文化建设取得的又一显著成果。

公安工作的根基在基层，公安文化的根基也在基层。多年来，各地公安机关在坚持政治建警、从严治警的同时，牢固树立文化育警理念，积极探索具有时代特征、体现警察特色的公安文化建设新路子。各级公安文联紧紧围绕公安中心任务，积极开展丰富多彩的文化活动，努力培养公安文艺人才，为推进公安文化建设做了大量卓有成效的工作。江苏公安文联成立六年来，在江苏省公安厅党委的坚强领导下，确立了“打基础、上台阶、求发展”的工作思路，积极发挥职能作用，制定了一系列规章制度，成立了五个门类的专业协会，实现了十三个地级市公安文联组织的全覆盖，赢得了各级领导的充分肯定和基层民警的普遍赞誉。

这次编辑出版《江苏公安作家丛书》，是江苏公安文联推进公安文化建设、繁荣公安文学事业的一项重要举措，既是对最近一个阶段江苏公安文学创作的一次汇集和展示，又是对今后江苏公安文学发展的一次激励和引导；既是对基层公安文学人才的扶持和帮助，又是对涌现更多公安文化人才的期待和呼唤。相信本书的出版，能对宣传江苏公安在新一轮平安建设中取得的重大成就、进一步弘扬人民警察核心价值观、增进社会各界对公安工作的理解和支持发挥重要作用。

十八届三中全会吹响了全面深化改革的号角，也对文化体制改革和发展作出了全面部署，社会主义先进文化包括公安文化正面临着难得的历史发展机遇。衷心希望江苏公安文联进一步提高文化自觉，增强文化自信，牢牢把握先进文化的前进方向，大力支持、积极鼓励、正确引导公安文学创作，努力为广大公安文艺工作者创造良好的创作条件和环境，推进公安文艺创作和公安文化建设的大发展、大繁荣。热切期望广大公安文艺工作者在继承优良传统的基础上，坚持解放思想、与时俱进、推陈出新，创作出更多、更好的具有强烈时代特征和警察行业独特魅力的、思想性和文学性俱佳的精品力作。

我们期待，江苏公安文化繁花似锦、万紫千红的春天早日到来；我们深信，江苏公安文化一定会成为全国公安文化百花园中的一派壮美秀色。

是为序。

2014 年 10 月 10 日

（序作者系全国公安文联主席）

目　录

第一部分　警事随感

中国警察趣话

“警”——敬言也，即用尊敬的口气说话；“察”——复审也，即把隐秘的地方看清。哪怕只是拆解“警察”的字面，你也不难发现，这个职业的本意，既有态度形象的要求，又须业务能力的支撑。

1898 年 7 月 27 日，湖南保卫局正式成立，标志着近代意义上的警察在中国发轫。第一次上岗的时候，据说那些警察如大姑娘出嫁般扭扭捏捏，羞于面对民众，最后只好由长沙府的大员备好轿子，一路吹吹打打，盛装迎送，才让他们有勇气站上执勤的岗位。这一幕，今天回味起来令人不禁莞尔。

在我国，警察行为的历史萌芽可追溯至夏商时期。距今两千五百多年的西周，就已有了类似现在治安管理的职能分工。当时，国家设有司民（户籍）、司稽（捕盗）、司寇（刑狱与纠察事务）等机构。大思想家、教育家孔子就曾担任鲁国的大司寇，相当于如今的国务委员兼公安部部长、司法部部长。

历史上，像孔圣人这样干过警察的名人不少：汉高祖刘邦曾担任过泗水亭长——派出所所长；刘备讨伐黄巾军后，担任过定州中山府安喜县县尉，相当于县公安局局长；曹操，二十岁任洛阳北都尉，相当于区公安分局副局长（他这个副局长是高配，因为他是京城的分局局长）。

水泊梁山的“一百单八将”里也有几个“警察”出身的：宋江上梁山前，做过郓城县押司，相当于看守所所长；武松打死老虎后，做了阳谷县衙的“都头”，相当于刑警大队大队长；鲁智深三拳打死“镇关西”的时候，在经略府做提辖，相当于保安大队大队长；林冲的官最大，做过东京八十万禁军教头，相当于中央警卫局局长（要是授衔的话，不低于中将）。

三国时期的“校事”，北魏的“侯官”，明朝的“东厂”、“西厂”、“锦衣卫”……干的都是今天相当于警察的事情，不过，因为残酷、歹毒，颇似特务或秘密警察，可算是中国警察史上最黑暗的几页。

“窃国大盗”袁世凯干过一件让警察长脸的事：1902 年，清政府收回天津，但列强明确天津不准驻军。结果，“袁大头”让三千新军换上警察制服，名正言顺地开进天津，钻了洋人的空子，让其哑口无言。

中国共产党领导下的公安机关始于 1928 年。井冈山革命根据地建立后，成立了肃反委员会、政治保卫局、民警局、刑事侦探局，都是人民公安机关的雏形。1937 年，我党在延安正式成立公安局，称为“延安市公安局”，建立了由三十五人组成的延安警察队，还成立了一个派出所。从那时起，有了第一种警服，也就是黑色制服，配有黑白相间的大檐帽。

要说中共党史上第一位公安局局长，那要算是朱德总司令了。1926 年北伐军攻克南昌后，朱德以共产党员的身份被委任为市公安局局长。在就职演说中，朱德明确提出“作为国家公职人员，要为人民服务”的观点，这比毛主席于 1944 年提出“为人民服务”还要早十七年。

1950 年 12 月 14 日，公安部第三局发出通知，规定全国所有的公安人员统一称作“人民警察”；1957 年 8 月，受一张苏联宣传画的启发，“民警在纠正行人违章时要先敬礼”在全国开始普及……

如果你有兴趣了解一点儿中国警察史，你会发现，历史不仅不枯燥，而且很有趣。

笔尖如刀

偶尔听了一段京戏《遇皇后》，其中包青天开场有两句唱词“赵王爷坐江山人称有道，汉丞相定律令笔尖如刀”，悚然一震，不经意间熟记于心。的确，坐江山的姓张姓赵、有道无道也许并不重要，关键在于是否每个人都能真正理解和体会“汉丞相的律令”、“笔尖如刀”的威严，并且自觉地尊重和维护。

记得多年前，韩国总统卢武铉向法院提起民事诉讼，状告国会议员金文洙和四家新闻媒体，要求赔偿三十亿韩元的名誉损失费。有人撰文指出：“贵为一国总统，对于涉嫌侵犯自己名誉权的国会议员和新闻媒体的行为，没有进行政治上的打击和报复，而是诉诸法律解决纠纷，这是卢武铉总统本人民主意识浓厚的集中表现。”

卢武铉的行为的确值得赞赏，但诉诸法律的途径，除其“本人民主意识浓厚”以外，很重要的一点在于他相信法律的权威，相信“笔尖如刀”的力量。在一个法制化的国家里，法律是至高无上的裁决一切纠纷的唯一准绳，任何人包括总统都不能逾法行事。总统对法律的尊重至少在韩国并不奇怪，因为法律不能不受到尊重，这是法制化社会必然呈现的现象。反观另一桩发生在我国河北省的事件，该省一位主要领导曾对一个向上级反映其不正之风的干部进行长达八年的打击报复。韩国总统不敢做的事情，我们的一个地方领导却敢做，视“笔尖如刀”的律令如无物。相比之下，卢武铉的选择就显示出特别的意义来。

当然，更多的时候，“笔尖如刀”的力量体现在人们对于具有普遍约束力的道德、伦理和法制观念、人生信念的理解与尊重上。1861年3月4日，林肯正式就任美国第十六任总统。白宫一位职员替他写了一封简单的通知函给国库秘书，要他在每月1日发给林肯月薪。但林肯认为，从3月5日起他才能全日办公，所以他把那份通知中的“1日”改成了“5日”。当时，美国总统的年薪是2.5万美金，因此，这位一丝不苟的总统替美国人民节省了七十三美元九十七美分。一件小事，让世界见识了总统面对法律的诚实。“笔尖如刀”，给后人留下了关于道德信条的记载。

但是，“笔尖如刀”的分量并非每个人都能领会。同样是中国，在造成三十八人死亡的山西省繁峙县义兴寨金矿区“6·22”特大爆炸案发生后，不仅非法矿主与县委、县政府有关人员串通起来隐瞒事实，就连十一名记者都在采访过程中收受贿赂，帮助掩饰真相。要知道，记者的笔一向被誉为“金不换”，但在这一事件中却是钱可换、物可换。秉笔者们完全丧失了职业的良知和正义感，违背了新闻工作者的道德。与此形成鲜明对照的是，在“4·16”湖南娄底矿难中，聂清文，一个农民矿工，在临死之前使出最后一点儿力气，在安全帽上用粉笔记下了一段文字：“骨肉亲情难分舍，欠我娘两百元，欠邓曙华一百元……”他死了，死得明明白白，也死得清清白白。他手中的那一截粉笔，胜过那些收受贿赂的记者使用的昂贵的金笔。那截粉笔虽不是刀，但写出的东西却像刀一样刻在人们的心里。

总统也罢，记者也罢，农民矿工也罢……其实，每个人的手中都有一支笔，笔尖如刀。问题是，面对同一张法制和道德的试卷，我们究竟该写上怎样不同的人生答案？

一样的忠诚

曾经听到过两个故事。

一个是真实的，一个是虚构的——都很让人感动。

真实的故事发生在长江边上。上世纪九十年代，重庆市长寿县江南派出所民警周建得知辖区内渔民的一条机动船被盗，他告别了瘫痪在床的妻子和年仅六岁的儿子，沿江循踪追查。

经过数天奔波，终于在一百公里外的下游找到了那条燃料耗尽、被窃贼丢弃的渔船。而这时的周建已身无分文，脚上的鞋也在打捞渔船时被湍急的江水冲走了。

周围没有人家，连借钱的地方都没有。走投无路的他索性赤着脚，把长长的纤绳搭在自己肩上，拽起渔船一步一步地逆水而上。

江岸落日的余晖把他倔强而瘦弱的身影拉得老长老长，沉重的喘息声融入江水悲怆的幽鸣……

虚构的故事发生在大洋洲。澳大利亚有一部电影，名字我忘记了，说的是一个小女孩，由于亲眼目睹父亲的罹难，精神受到了强烈的刺激，从此变得寡言少语，直至闭声失聪。

但是，唯独一首儿歌她一直没有忘记，并且能唱出来，能听得到。

一次，小女孩不慎走失了。为了找到她，一群警察在黑夜里打着手电筒到处寻找。

在她家人的提示下，人高马大的警察们大声唱着那首儿歌，希望她能听到。

虽然五音不全，甚至有点儿滑稽，但是，那充盈着爱意和温馨的歌声，穿过夜的黑暗，最终传到了小女孩的耳中。

一个中国的警察、一群外国的警察，撇开不同的政治信仰不谈，从起码的人类情感的角度看待这两个场景，我觉得每一个人都应当为之感动。

中国警察负重拉纤的背影、外国警察高唱儿歌的情景，无不散发出一种高尚的、不容轻慢和讥笑的人性光辉，其中包含的那种温暖而动人的情愫，每一个热血胸膛都不会拒绝，也无法拒绝。

也许中国的警察很艰难，因为他们的生活中需要付出的太多太多，几乎承受不起；也许外国的警察相对要好一些，因为他们的条件和待遇更优越，但是，他们都没有忘记什么才是自己的本职，并忠诚地履行着。

任何社会的警察都有共同的地方，那就是服务于民众，不论是通过打击违法犯罪，还是通过为民排忧解难。虽然中国警察的脚步很沉重，虽然外国警察的歌声不好听，但是他们的行为本身足以让我们理解什么叫作忠诚！

你是幸福的，我就是快乐的

晨风吹过，太阳升起。教室里传来了童稚的声音，操场上荡漾着鲜活的气息。这一切，就是地球上每一天早晨进入我们视线的美丽风景，蕴藏着大自然的造化之功和人类的希望。

天使圣洁，赤子无邪。

孩子啊，只要一想到你，每一个贮满爱心的胸膛都会怦然律动，每一双饱含恩慈的眼睛都会倏然闪光。因为你天鹅绒般的娇贵和惹人怜爱的脆弱，联结着我们生命中希望和价值所在的那一根血脉。

想起孩子的成长，我们每一位母亲和父亲都会有切身体会。孩子的伸展空间虽然很小，但是谁都不敢在幼年时期让他们远离我们的视线，都会担心他们摇晃着身体蹒跚学步时，掉进深坑和水沟。我们出门之前的第一件事就是先教会他们怎样在困难无助时辨认出能为自己提供安全保障的人（如警察）。发现孩子突然跑出我们的视线时，我们的第一反应就是紧张和焦虑，因为我们不能保证他们遇到的陌生人不会以粗鲁的方式对待他们。

我们给他们念童话，讲美丽的故事。我们期望他们懂得爱，将来能够成为有教养的人。每次见他们为死去的小鸟流下泪水，我们都会感到欣慰。我们想象他们会越来越好，因为只有懂得爱的人才会得到真爱。

但是，还是有很多人不知道该怎样教育孩子。于是，市面上到处充斥着伪专家们拼凑出来的各种“教子大全”和“育儿指南”。人们饥不择食，趋之若鹜，希望能够从中找到灵丹妙药。的确，我们养他们比生他们还累，是累心！

这仅仅是抚养和教育上的问题，还有更锥心刺骨的事情刺激着我们的神经——几乎每时每刻，在世界的每一个角落，都有在贫困、饥饿、无助、疾病、孤独、惊恐乃至死亡阴影下挣扎的可怜的儿童。在印度，童工在缺乏基本劳动保护的恶劣环境下超负荷地干着成人的工作；在安哥拉，“娃娃兵”们扛着比他们的身体还高的冲锋枪在战场上厮杀；在阿富汗，流浪儿在瓦砾和垃圾里寻找一切可以果腹的食物；在欧洲和东南亚，“童妓”与“性奴”被迫在各种下流的欢场侍候着厚颜无耻的嫖客；在拉丁美洲，被犯罪集团作为贩毒工具的幼儿身上裹藏着越境外流的海洛因；在美国，被绑架和虐待的儿童受尽变态者的百般折磨；在巴勒斯坦，“少年肉弹”在血火飞扬的自杀性爆炸事件中做着复仇的梦……他们的生活中没有欢乐。他们看不到希望，不知道什么时候才是厄运的尽头。

毋庸置疑，一切儿童的过错都是成人的过错，一切儿童的不幸都是成人的不幸！成人社会必须对造成儿童世界诸多问题的根源作深刻的反省，并拿出切实的行动来，保护儿童的权利不受非法的侵害。毕竟，在通常所说的“弱势群体”结构中，处在最底层的仍然是未成年人。

理论上的保护有四种方式，即家庭保护、学校保护、社会保护和司法保护。可以说，这些保护在任何时候、任何情况下都不可能是完备的。孩子有生存的需要、受教育的需要、安全成长的需要和按已知社会认可模式得到矫治的需要。当然，就目前人类社会发展的状况来看，不可能满足所有孩子的这些需要。如果儿童面临着生存的威胁（饥饿和贫困等），那么受教育权利的被剥夺就会成为一种必然，而社会和司法保护如果缺乏有效的操作性，就会变得空洞而不着边际。

因此，对未成年人的保护，包括抚养、教育乃至社会认知能力的养成，都必须建立在这样的基础之上，即不仅要把未成年人作为需要保护的对象，而且要把他们作为保护主体，要有主体意识。也就是说，把属于儿童的话语权交给他们，把属于儿童的行动权还给他们，就像不久前的联合国世界儿童大会上各国儿童代表走上主席台那样，让儿童的声音回荡在成人的舞台。

你是幸福的，我就是快乐的！对于儿童的一切，我们必须怀着这种如歌的情愫。毕竟，儿童，只有儿童，才是我们的未来，才是我们未来的希望！

他们都是警察

因为做过几年《警方》杂志编辑，我接触了全省各地很多警察同行，对其中三个警察印象尤深：他们有的是新中国成立之初就从事公安工作，有的是动乱年代从部队转业加入了警察队伍，还有的是改革开放后考入专门的警察学校……不管怎样，他们身上那种“虽经坎坷，依然忠于职守”的精神，那种甘于奉献、无私无畏的品质，始终没有改变。每每想起，不禁感佩！

吴老

吴老名叫吴寿石，是我省书法名宿武中奇的弟子。我在省劳改局工作的时候，我们是同事加忘年交，他也算是我的业余书法老师了。

但他首先是个警察。

吴老出身于富裕之家，新中国成立前曾先后就读于上海法学院和金陵大学（是现在的华东政法学院和东南大学的前身），可谓标准的知识分子。毕业后，他先在苏北行署法院和公安局工作，1953 年进入江苏省公安厅。二十出头的青年才俊，风华正茂，加上当时社会风尚清新自由，家境优越的他，是厅机关大院里为数不多的几个西装革履者。组织交谊舞会、体育比赛之类的活动，更是少不了他这个有名的活跃分子。

在人物与年代的组合中，“1957”构成了几乎所有中国知识分子命运转折中难以自控的坎儿。不久，时任上海提篮桥监狱监狱长的武中奇被打成右派，并作为监督改造对象被安置到了江苏省公安厅劳改局，恰巧就在吴老所在的部门。想当初以解放军军代表的身份从国民党少将监狱长的手里接收提篮桥监狱时，武中奇也算得上将军级的人物了，不曾想十年后却成了改造的对象。可以想象，武中奇当时的心情有多么压抑和郁闷。

好在包括吴老在内的许多同事并没有因为他是右派而对他严格实施“监督改造”。特别是吴老，十分喜欢书法，而武中奇的书法早已声名远扬。武中奇的书法深得陈毅元帅的赏识，亲自点名让他为上海市人民政府和上海抗日烈士纪念碑题字。一个是好学上进的青年，一个是遭逢困厄的名家，他们有着共同的爱好。年龄上的差距不仅形不成代沟，反而成了性情的补充和平衡。自然而然地，他们既作为同事相处，又多了一层师生之情，以至于武中奇年迈之时，每次回山东老家或去外地参加书界活动，都要带上这位非正式的弟子。

可惜好景不长，不久吴老就步入了右派的行列，并且因为其他一些说不清道不明的事情，遭受了更加沉重的打击，连警服都没能保住，被判了刑之后送到江西劳动改造。当然，大家都知道，二十多年后，所有的右派都平反了，吴老重新回到了警察队伍中。

吴老重回省公安厅大院上班的那一天，虽然已经办了退休手续，只是作为返聘人员参与编写《江苏监狱史志》的工作，但他仍穿着补发给他的一套崭新的马裤呢制服——只有科级以上人员才配发的，十分笔挺，镶红绸边的大檐帽，鲜红的领章，很是精神。后来我才知道，他这样做是有一番深意的：毕竟，离开公安队伍几十年了，临近晚年的时候才重新开始，这种无声的解释未尝不是最恰当的自我表达方式。

我记得接下来的那些天，老政治部大楼四楼最西头的那间办公室成了整个省公安厅大院最热闹的地方。已退休、快退休的几十年前的老同事们纷纷登门叙旧，更多的则是慕名前来索求题字的，还有几个书法爱好者拿来习作请他指教。因为讨字的人特别多，吴老干脆把文房四宝放在办公室里，随要随写，有求必应。而我则成了他的帮手，磨墨、铺纸、用印，边看边学，学到了不少书法常识，更领略了老一辈人那种一切看淡、无欲无求的精神世界。

也许正是因为年轻人普遍缺少对事理人情的洞明与参悟，所以吴老身上类似林语堂谓之“秋叶精神”的人生智慧与修养，在我们的眼里有着一种从容的成熟和朴素的圆润之美。记得有一天，一位同事在大街上遇到一个泼皮无赖。吵闹之中，他被对方撕破了衣服，搞得非常狼狈，一脸的晦气。上班后，他情绪很不好。大家七嘴八舌地给他出主意，“教导”他下次应该怎么办。吴老听完之后却说：“其实，遇到这样的人，一看做派就应该知道他是不是一个讲理的人。需要找警察就找警察，不需要的话，趁早摆脱，别跟他纠缠。就像你被疯狗咬了一口，难道你也咬它一口不成?”我们听他这么一说，都乐了，觉得他说的有道理。

不过，吴老给我印象最深的，还是他心中执着不化的“警察情结”——几乎是一年四季都穿着一身警服。因为没有统一规定，一般情况下，机关干部很少着装上班，唯独他是个例外，就连到外地出差都是如此。那时他还住在南京城南的大校场附近，离厅机关很远。他每天骑着一辆自行车，穿过大半个城区，要花费将近两个小时的时间。就这样，他也很少迟到，总是一身戎装精神抖擞地准时走进办公室。

那时候参加工作的知识分子大都多才多艺，吴老也是。除了书法，他还擅长围棋、桥牌、象棋。年近七十，他竟然还能熟练地跳上一段踢踏舞，交谊舞更不在话下。值得一提的是，在武中奇等书画名家的支持下，他担任秘书长，组织举办了全省公安系统首届“蓝盾书画展”。应当说，那也是江苏公安文化工作的一个开端。

编写史志的工作完成后，吴老便正式退休了。可惜的是，仅仅过了三四年，他便因为支气管引发其他疾病，不到七十五岁便突然离世了。等我得到消息赶到他家时，见到的只有他那挂着黑纱的遗像了。

直到现在，我还经常想到吴老——一个修仁养智、乐山乐水的老人，一个历经沧桑、信念坚定的老人，一个学识丰富、心地善良的老人。

他是我永远的人生老师，是我永远的警察前辈。

梁公安

梁公安是我小时候老家公社派出所的所长。说是“所长”，其实就是“光杆司令”一个。二十世纪七十年代，不像现在，各省都有警察学校，年年都有大批受过正规训练和培养的学生分配到公安系统。那时候不行，公安局人手不够，唯一的途径就是从复员军人里挑。梁公安当过兵，又是党员，于是便当了警察。

第一次“认识”梁公安，是跟母亲上街赶集的时候。那是个大集，周围几个公社的百姓都来了，街上人山人海、水泄不通。母亲牵着我的手正挤着，突然间，有人高喊：“抓小偷啊！”我看见身边的人群忽地散开了，一个年轻人从街心跳过卖菜的摊子跑到墙边。但是，更多的人围上去，一眨眼间，我就看不到那个年轻人了。只见围着他的人踮着脚尖，抡起拳头，像个稻草垛一样。

母亲带我远远地、不无恐惧地瞧着。也不知是怕打出人命来还是怎的，有人提议说："把他送到派出所去！"话音刚落，又有人兴奋地喊道："梁公安来啦，梁公安来啦！"就像见到救星似的。我回头一看，见人们簇拥着一个白衣服、蓝裤子、红领章、大檐帽的人走过来，心想，他大概就是梁公安了，果然神气！

见梁公安过来，人们便把那个小偷拖了起来。我从缝隙里看到，他满脸是血，头发被薅得乱糟糟的。梁公安走到跟前，问了一句："你偷人东西了？"那人有气无力地点了一下头。然后，梁公安俯下身子查看了一下他的伤势，问："你偷什么了？"其中一个人说："他偷我摊子上的山芋。""一个山芋就把人打成这样，出了事谁负责？"梁公安站直了身体说。

刚才还期待着夸奖的那些人，这时候似乎也觉得自己有些过分，一个个都不再说什么。梁公安扯起小偷的衣袖，说："跟我走吧。"我这时候才看清，小偷顶多也就十五六岁。母亲自言自语道："八成是饿急了，唉！"

梁公安并没有直接回派出所，而是带着小偷走到街边的烧饼摊前，买了两个烧饼塞在他口袋里。围观的人说："这个小偷碰到梁公安，算他有福气！"

不过，梁公安也有厉害的时候。比如那个整天在街上溜达的"霉子"（精神病人）马明友就最怕他。"霉子"单身一人，有病也没人帮他看，便流浪街头，捡饭店里别人吃剩的东西。因为他浑身脏兮兮的，散发出一股难闻的味道，所以开店的见一次轰一次。"霉子"实在饿急了，就冷不防地抢摊子上的东西，比如烧饼、油条什么的，抢到手后就往上面吐唾沫。摊主没法要回去，又不能打他，只好作罢。但是，只要梁公安到场，马明友就服服帖帖的，也没什么诀窍："霉子"怕干活，梁公安一旦抓住他抢东西，就罚他到公社食品站清理猪粪。两回下来，“霉子”就不干了。不干可以，但也不能抢人家的东西。从此，“霉子”安分了，别人也安生了。

1985 年我考上警校，毕业后留在南京工作，一晃二十年过去了。有一次回家过春节，我忽然想到梁公安，就问母亲。母亲说，梁公安受了处分，不知现在还是不是“公安”了。原来，有一次派出所下乡抓赌，半夜混乱之中，一名新来的民警的手枪走火，打残了一个人的腿。事情闹大了，作为领导，梁公安承担了责任，所长被撤了。我很为梁公安可惜，因为在我的记忆中，万把人口的一个公社，治安几乎是靠他一个人维持。在那个年代，一个从军人过来的公安民警，身上有太多值得我们景仰的东西，怎么说不干就不干了呢？

好在这只是虚惊一场，几天后经过县公安局，才听说梁公安并没有回家种地，还是警察，人事关系挂在局里，主业却是县人民武装部特聘的教官，专门负责训练民兵打枪——他在部队时练得一手好枪法。

据说人武部早在他出事时就想调他，可他偏偏舍不得脱警服。他说他前半生穿军服，后半生穿警服，这样最好。

端所

在基层派出所，不管是老百姓还是民警，对于所长的称呼，一般都要省掉一个“长”字，姓王的就叫“王所”，姓张的就叫“张所”。

“端所”曾经是盐城市射阳县公安局鲍墩镇派出所的所长，不过，我那次出差见到他时，他已不再是所长，而是刑警大队重案中队指导员，估计大家都喊他“端指”了。

端所本姓端木，名文荣，1963 年出生。据他本人讲，“文革”期间，有人指责他们家不该叫日本人的名字，于是，上学报名时就去了一个“木”字，成了端文荣。几十年下来，也没寻思改回去，一直就姓“端”了。记得与他第一次碰面，不由得让我想到单田芳或刘兰芳说书时常用的形容词：豹头环眼，虎背熊腰。就凭这些本钱，关于他那次与流氓头子惊心动魄的短兵相接，我相信讲述者并没有夸张。

那是他刚当所长不久，有一次破获了一个长期跨区流窜作案的流氓械斗团伙，并在邻乡抓了好几名犯罪嫌疑人。由于还没有掌握该团伙头目的犯罪证据，所以对此人暂时未动。但就在他加紧侦查的时候，一件出乎意料的事情发生了——那个家伙不思逃避，反而大摇大摆地到鲍墩来，扬言要会会端文荣。依仗他一米九几的身高和多年横行霸道的气焰，他不相信新来的所长会把他怎样。他要给姓端的一个下马威，顺便把他的手下解救出来。现在看来，这个头目充其量也就是个《水浒》里纠缠“青面兽”杨志的泼皮牛二，这里权且称他“牛二”吧。

说来也巧，这天半夜，端文荣得知自己负责的一名控制对象的家门口停了好几辆摩托车，一伙“邪头八角”的人喝酒胡闹，直到下半夜了还不见散，他便只身一人赶了过去。到那一看，那个“牛二”也在场。

按说身上有事、肚里藏鬼的见了警察都有三分气短，偏偏那“牛二”不长眼睛，声称他到朋友家来玩，任何人都管不着，如果所长要管，他就要在端文荣的面前“跳跳”。也不知他是怎么想的，都什么年代了，身为警方的调查对象，躲还来不及呢，竟然还上门叫板！何况又是邻乡派出所的辖区，不在自己的二亩田地。套用赵本山小品里的一句台词：都“二”到啥地方去了！

“牛二”越说越带劲，端文荣话硬，他更硬。说着说着，就扯到案子上来。他警告端文荣最好不要再到他那里去抓人，识相的话，尽快把他的几个弟兄给放了，不然，等他下次再去，叫他白刀子进，红刀子出！直听得围观的群众瞠目结舌：天哪！这人真横！像从水泊梁山上下来似的，敢对警察这样说话！

见他这样张狂，端文荣反而冷静下来，说："到你那里——你那里是哪里？难道不是人民政府、共产党的天下？笑话！我到哪里抓人，难道需要跟你商量吗？你的弟兄？什么弟兄？就是那几个违法犯罪的人吗？我告诉你，现在他们正在接受讯问，等着定罪呢。你想怎么样？"

"牛二"扫视了一圈围观的人，说："姓端的，那就别怪我无理了！"说完，脱衣挽袖，就要动手。

看架势，他是有备而来。如果任他这样嚣张下去，即便最后平安散去，面子还是被这家伙得了。个人丢面子事小，派出所的名誉、今后的工作，包括对这件案子的处理，都会面临两难的境地。但此时此刻，不把他的气焰压下去，一切都是白搭。端文荣心想："你小子怕是还不知道，老子在警校里就是打沙袋练拳击的，一拳下去三百斤，今天就拿你这个大沙袋当回靶子解解馋。"

不等"牛二"反应过来，端文荣已欺身上前，运足气力，"咚咚咚"一连三拳打出。再看"牛二"，"噔噔噔"倒退几步，硕大的身躯像扔出去的麻包。只听砰的一声，"牛二"的身体撞在墙上，又顺着墙面往下出溜。他瘫坐在地，双手捂胸，好半天才张嘴呼出一口气来，连声告饶。端所上前将其铐住，此时的"牛二"已状如死狗。

"牛二"后被判刑入狱，至于是否修成回头浪子，不得而知。而端所之威名，则凭此一"击"而就。

遥想射阳之得名，乃由远古时代后羿射日传说而来，正可谓英雄所出焉。今日之有端文荣，应不为奇。人云人民警察以民为本，不着警服，似与百姓无异，但警察终归是警察。好个端文荣，真警察也！

写给《东部警察》[1]

2003年年初，作为主要策划人，作者带领江、浙、沪的七名公安报刊编辑、记者，历时十三天，采访了三地七座城市公安机关的数十名公安民警，形成了大约六万字的专题报道《东部警察》，并在《警方》杂志上连载，在全国公安报刊界引起了较大反响。以下是为《东部警察》撰写的三篇“策划人语”。

一、长城从西走到东

圆圆的天，方方的地，天地方圆有一个西。站起的石头叫长城，躺着的石头叫戈壁。一道关，两道关，连起了万里祁连山，山下无言的是沙漠，山上唱歌的是雪莲。木生火，火生金，一方水土一方人，活着就是那西

① 原载于2003年第9期《警方》杂志。

北汉，死了就是那西北魂。春到了夏，秋到了冬，一年四季西北风。月亮落，太阳升，长城从西走到了东。

这是《西部警察》的主题歌，歌词意境里充满了浓郁的西部大漠风情。但我对最后一句歌词却是特别的关注，虽然不能说是词作者的故意，但它的确给人以广阔的想象空间和深刻的思维启示：月亮落，太阳升，长城从西走到了东——为什么是“从西走到了东”？难道仅仅是从押韵的角度才这样组织文字的吗？也许是。

按照语意关联的中国文化习惯，“警察”与“长城”之间存在着一种已被普遍认可的内在联系，因此，我更愿意这样理解这句歌词：与日月同辉的西部警察精神，就像横贯东西的长城，坚守西北，遥指东南。于是，陆地上的长城与意象里的长城谜一般地重合、叠加在一起。从方向上看，这是一种延伸；从价值上说，这是一种归宿。

在中国的版图上，习惯上的东部除了江、浙、沪以外，还有包括山东、江西、福建、安徽在内的华东六省一市，也就是长江下游两岸的经纬幅员。我之所以选择江、浙、沪三地，主要是因为这三地在东部已足具代表性。

一方水土养一方人。说到东部警察，就不能不说到东部的地理环境，就不能不说到水。

人类永远都是愿意择水而居的，总是在河水流经的最肥沃的土地上繁衍生息，筑起座座城市，传播代代文明。这固然与古代生产力落后、必须依靠水运才能解决交通问题有直接关系，但也是人类与水天然亲近的禀性所致。除了横亘的长江、纵贯的大运河以外，还有“中国五大湖”中的太湖、洪泽湖以及已经成为城市符号的玄武湖、西湖等。而秦淮河之于南京，黄浦江之于上海，钱塘江之于杭州，都是最具象征意义的标志性所在，犹如血脉之于躯体，承载着全部的生命。比如杭州，有人这样说道："西湖水是要看的，钱江水是要防的，运河水是要用的。"西湖是杭州的胃，储存着杭州的营养；而运河是杭州的呼吸道，维持着杭州的生命力。同理，对南京而言，玄武湖、秦淮河和长江的作用也可作如是观。水，影响着东部的经济；水，刻画着东部的城市；水，也塑造着东部的人群，包括警察。

山有仙则名，水有龙则灵。东部号称"上有天堂，下有苏杭"，的确是个人杰地灵之区。这里积聚了最深厚的中国传统文化底蕴。据史料记载，《二十四史》中有传者两万多人，其中六千余人是江苏的，占1/3。清代一百一十四名状元中，有四十九人是江苏的，占40%以上。家喻户晓的四大古典名著有三部出自江苏人之手。即使到了今天，这里依然保持着"重教兴学"的传统。据统计，江、浙两省的"教授之乡"、"书画之乡"、"音乐之乡"、"作家之乡"、"博士之乡"就有一百多个。

作为中国最发达的地区之一，无论是国民生产总值、人均GDP，还是财政收入、贸易总额，抑或是综合竞争力和发展潜力，东部都处在全国领先水平。中国大陆经济实力最强的三十五个城市，有十个在这里；全国综合实力百强县，这一地区占了一半。中国大陆十大富豪排行榜中，有八个是上海人或在上海创业；在福布斯大陆首富排名中，鲁冠球、郭广昌、黄巧灵、李书福、南存辉、宋卫平、李勤夫……都出生在浙江，而波导、奥克斯、雕牌、帅康、娃哈哈、雅戈尔、罗蒙、报喜鸟，这些名牌都出自浙江。至于江苏，则有驰名全国的"苏南四小龙"——"江苏第一财神县"江阴、"全国唯一自费创办的国家级开发区"昆山、以"不甘落后，敢于争先"闻名的张家港和"私营经济的温床"常熟，这四个县级市2002年的财政收入同时首次突破了四十亿元大关。可以说，江、浙、沪分别是乡镇经济、民本经济和外向型经济的发源地。改革开放二十多年以来，东部的经济始终有着旺盛的生命力。

在这里罗列东部地区的经济和社会发展状况，看似与警察无关，其实不然。世界各国的实践证明，如果没有警务工作提供有力的治安环境支持，任何制度下的社会发展都不可能保持健康长久的状态。事实上，这个地区的警察从诞生的那一天起，就已经不自觉地把自身的命运与地方经济联成一体，“亲商”成为一种传统。众所周知，在历史上，江、浙地区承担着为封建朝廷提供财政支持的重任，“天下赋税，三有其二”，所以，东部地区警务的开创，并不像北方京畿那样，首要的是政治和政权的需要。例如，东部率先出现了保护水运、渔业和漕运的水警，保护商埠、码头的盐警、税警等，大都是出于经济上的考虑。有了警务的支持，商业的发展就有了良好的环境和空间，而经济条件的优裕，反过来为警务提供了有力的保障。从古到今，此理恒然。

近水则灵，近商则精。这在东部警察身上体现得非常明显。

东部警察的“灵”主要表现在形象和气质上。因为水土对性格的塑造，言谈举止中，西部警察常常表现得风风火火、不拘小节和憨厚豪爽，不太在意对方当时当地的感受，追求一种“日久见人心”的效果；而东部警察则善于表现一种平和安静、讲究礼节和从容睿智，非常注意细节和第一印象对于日后交往的作用。人说上海男人具有“e时代”绅士的精明，杭州男人精致得一丝不苟，南京男人把闲散融入气质，这些评价同样适用于东部警察。张宏森第一次见到刘晓东等西部刑警的时候，常常被他们亲热地搂住肩膀，或者当胸捶上一拳，如同多年的老友重逢，彼此之间无须设防，有一种踏实的感觉。而在女作家高红十的笔下，上海警察却是吴侬软语、文质彬彬、周到细致。“一回生，二回熟，三回打破头”，交朋友像剥橘子，去了皮才见肉，总得有一个渐进的过程。虽然开始时层层设防，但真成了朋友，感觉上就显得格外的滋润。

东部警察的“精”主要表现在思维方式和行为特点上。东部总体上接近商业社会的性质，想什么、做什么，都离不开“算计”——当然不是那种怀着阴暗的心理坑害别人的“算计”，而是讲“成本”，讲“投入和产出”，讲效益和效率。同样一个案子，别的地方由于诸多外因，破起来可能采取“不惜一切代价”的手段——该上三个人却上五个人，该花一块钱却花十块钱。但在东部，在曾经流通过半两粮票的上海，却不太可能，因为不必要，因为划不来。不是他们不舍得，而是他们明白：花多少钱办多少事、花小钱办大事才是一种真能耐，才是一个人、一个集体、一个社会所要遵守的通则。所以，只有精明的上海警察才会想到“警力有限，民力无穷”，巧妙地借用外力而又不着痕迹，还赚来一片喝彩；只有精明的浙江警察才会提出“降低破案成本，增加犯罪成本”这样的口号；只有精明的江苏警察才会比别人更敏锐地意识到，加强警察公共关系建设不仅是一本政治账，而且是一本经济账。

在北京、广东连续发生抢银行、劫运钞车的案件后，上海警方进行了反劫运钞车的演习，还成立了国内首家为银行提供武装押运服务的保安公司。从别人的教训中吸取经验难道不是一种“精”？在《上海刑警印象》中，高红十还举了这么一个例子：1994年6月14日，吴兴公寓发生了一起凶杀案。现场留下的鞋印与从犯罪嫌疑人住所里搜出的鞋同是“狄爱多那”牌的、同是四十一码，搜出的工具也与现场的撬痕完全一致。按道理说，此人必是凶手无疑，案子可以收口了，可是刑警们并没有这样做，还是继续进行耐心细致的讯问，终于审出了犯罪嫌疑人的“师傅”，并在他家中搜出了同牌同号的鞋子和同样的撬窗工具。原来，两个人几乎是同一天买了鞋子穿在脚上，只是走路习惯不同、对鞋子的磨损程度稍有差别而已。此刻，事实才从迷雾中显现：前者是白日撬窗贼，后者才是本案的凶手。真可谓“失之毫厘，谬之千里”！瞧这案子办的，是不是灵光四射、精明到家、十全十美、无可挑剔呢？

不过，进入二十一世纪以来，东部各地特别是长江三角洲地区的社会大融合趋势越来越明显，以上海为龙头，江、浙两翼齐飞的“经济一体化”格局已经初步形成。苏、浙两省的领导到上海考察学习；江、浙、沪三地工商部门在杭州签署合作纪要，商定两省一市之间在市场准入方面实行统一的“经济户口”，即“是江苏的，也就是上海的、浙江的”；而“接轨上海投资环境推介会”、“融入上海发展论坛”、“长江三角洲经济一体化专题讲座”等更是“你方唱罢我登场”。在交通方面，随着沪杭甬高速公路浙江段的全线拓宽、跨越杭州湾的公路铁路大桥的兴建、沪宁高速公路的拓宽以及沪崇苏大通道的兴建，一个以上海为中心、半径三百公里的“三小时交通圈”正在打造。如今，上海市民到杭州，只要用“上海城市公共交通一卡通”就可以乘坐装有IC卡的杭州出租车了。不久，这种出行方式在无锡、苏州等地也将成为现实。照目前这样，长江三角洲十五个城市最终实现“一卡通”，指日可待。有专家预测，长江三角洲地区将最终形成继纽约都市圈、巴黎都市圈、北美五大湖都市圈、伦敦都市圈和东京都市圈之后的第六个世界大都市圈。

如同欧共体促使欧洲警察执法一体化一样，在这个背景下，长江三角洲地区的执法一体化势在必行。东部警察这种建立在个体基础上的“灵”和“精”也面临着重新定位、整合的考验。值得欣慰的是，他们的这种性格本来就具备很大的包容空间，从来就不孤芳自赏、自以为是、自我封闭，从来就不缺乏协调合作的精神。早在二十世纪八十年代，上海警方与国际刑警组织联手侦破的“锦鲤鱼藏毒案”，就拉开了国际警务合作的大幕；江、浙、沪警方尝试建立的“刑侦协作区”不断扩大完善为“华东刑侦大协作机制”，三地刑侦部门每年都要轮流举行会晤，交流警务信息，检讨合作利弊，提出改进方法。这在全国是最早的，也是目前各类警务协作中运转得最为成熟和有效的。不仅如此，随着社会治安防控体系既有独立针对性又具策应联动性的功能建设，江、浙、沪各地的警务协作还将在更加广阔的范围内展开，以适应东部社会一体化的执法需要。例如，今年2月8日，上海浦东公安分局民警陈卫国在执行任务时遭歹徒袭击壮烈牺牲后，几乎在同一时间，江苏、浙江两省警方部署到位。次日凌晨，潜逃到江苏境内的四名主要犯罪嫌疑人在太仓落网，充分显示了三地警方协同作战，对罪案的控制和打击的能力。

精明而富有灵气，智慧而擅长合作；既能单打独斗，又会团队作战。小处应付裕如，大局总揽得起，眼光独到，胸襟开阔，东部警察的这种性格和文化魅力的确令人着迷。可以相信，伴随着东部地区的发展进步，经济和警务之间的良性双向互动必将呈现出崭新的前景，以“民安为本”为圭臬的东部警察一定能够在属于自己的舞台上释放出更高层次的智慧和能量。

——因为他们在为当代中国最先进的生产力提供保护。

——这是他们的幸运，也是他们的使命。

二、中国警务法制史“三城记”

司稽、司寇、亭长、捕头、押司……此类种种，均是中国历代有关执法部门人员的“官称”，类似于今天的“警察”——不管是户籍警、刑警还是法警、监狱警。因此，从春秋时代延伸至今，可以说，中国的警务历史以及与之相应的中国法制历史，也有两千多年的时间跨度了。

作为法制建设的重要主体组成部分以及法治施行的主要力量，警察历史的衍变与法制历史的进程仿佛两条互相缠绕、密不可分的线条。如果你注意到中国版图上位居东部的三个城市——上海、徐州和绍兴，那么，一个有趣的现象就会被发现：在社会发展进程中，中国历代警务、法制制度建设在这三个城市呈现出一种接力式推进的现象。

中国的历史就像滔滔的长江水，奔流到东部下游这里的时候，平稳了气息，暂缓了脚步。回望来时的千沟万壑、惊涛骇浪，可能还有些眷恋不舍；放眼前路的天高地阔、百川汇流，却已做好了融入大海的准备。

严格地说，中国现代意义上的警务史，发端于中国东部沿海的江、浙、沪地区，到今天才整整一百年。一百年，在时间跨度上是无法与东部中国社会的历史相比的，但既然历史是一部大书，就必然镌刻着关于警务、法制史的章节——千年期盼惟康富，百年诉求是安宁。西纳长江水，东望大海潮！如果说江、河、湖是东部史书的封面，那么太平洋就是它的封底。在这古老而又新鲜的纸页间，会留着中国警务史上怎样的记载呢？

警察是现代社会的产物，古代社会并不存在什么“警务思想”。但也应当承认，一个地区乃至一个国家的警务思想总会受到该地、该国法制传统的影响。无论多么遥远的历史，都会穿透千年时光的阻隔，在现实中反映出来。不管是欧洲社会发源于十四、十五世纪文艺复兴时期的人权、人道与人本主义思潮，还是中国社会发端于周朝的“礼治”，以及春秋战国时期的“儒家道德”、“法治”思想，都对当今社会的法制有着本质的影响。

徐州、绍兴和上海，这三个城市，一个是具有四千多年社会发展史、两千五百年以上建城史的我国最古老的城市；一个是十三世纪初（1228 年）以正式的行政区域概念出现在中国史书上的中年城市；一个是十九世纪中叶（1843 年）才开埠，却几乎与世界近代化同步的年轻城市。它们恰似三个代表不同风貌的历史标本，分别展示着中国古代法治传统起源、演化和现代警务模式的开端。虽然形式不同，但时间上的连续性恰好构成了完整的历史进程，从而成为后人探视和解读中国“警务、法制”课题时无法忽视和回避的对象和工具。

先说徐州。这个当今号称“五省通衢”的城市在冷兵器时代就是“兵家必争之地”。禹定九州，徐列其一。所以，这里出现中国古代法治思想的萌芽并不奇怪。汉高祖刘邦的丞相萧何——一个堪与韩非子比肩的法治思想家，在汉朝初定之际，便制定《刑律九章》，即显示出非凡的治国方略和远见卓识。记得我有一年到徐州，该市公安局分管刑侦工作的副局长郑重其事地向我介绍了“公安局的一件宝贝”——悬挂在一间大会议室墙壁上的汉画像石拓本《缉盗荣归图》。这幅并排起来足有二十米长的画像石拓本的前言是这样记述的：

> 汉代人重刑法。汉初萧何定有刑律九章，有作奸犯科者，以刑法剐之。此图为徐州青山泉汉墓镌刻画像石拓本，谓之缉盗荣归图。图以缉拿审讯施以撵刑为始，续之为执捕械系解押。途中官兵执幡扬旆，车骑夹道，耀武扬威。四囚徒两两为对，以铁锁锒铛其颈。途经村里，亭长执笏拥盾，庖厨设宴相迎，意为除暴安良，民心所向。该图卷幅浩帙，内容精彩，刻工入神，实为汉画中珍品，麟阁瑰宝。

这是一幅多么逼真的画像啊！对犯罪的遏制和惩戒，不仅显示了执法者的威严与自豪，而且得到了百姓的拥戴和支持。据说，王铁兵经常把刑警们带到这幅画像石图前，从历史讲起，联系到他们现在所肩负的责任。他要让每一个刑警都知道，一个封建皇帝对于徐州地区“穷山恶水，泼妇刁民”的评价不足为训。根据民间传说，乾隆皇帝下江南的时候，途经徐州，恰遇道路旁边的田地里有夫妻吵架。妻甚凶悍，将其夫打倒在地，求饶不止。此时，内侍报告说，随行运送的供养被当地人偷盗。乾隆皇帝眼望两侧山上，乱石裸露，树木稀少，河道干枯，遂吟道：“此地穷山恶水，泼妇刁民，难怪汉丞相严刑酷法，非如此，难治也！”悠久的法治传统才是这里薪尽火传的思想财富，并能够成为现代警察的职业自觉。所谓“除暴安良，民心所向”，古时今日，何其相似！

再看绍兴。如果说徐州曾经闪耀出中国远古时代第一束法制思想的火花，那么，绍兴的出现，则把这束火花转化成了中古时代虽未构成系统但却较为普遍的法治行为。它所依赖的是一个庞大而特殊的群体，这就是历史上闻名的绍兴师爷。

早在明清时代，就已形成了三句流行语：无徽不成商，无绍不成衙，无湘不成军。其中“无绍不成衙”说的就是绍兴师爷。要知道，封建时代的地方行政是遵循政治、经济、文化和军事高度集权的模式运转的，并由地方行政长官直接向最高统治者——皇帝负责，因此，作为地方行政长官“智囊”、“军师”的师爷，其地位和作用自不待言。虽然后人对“绍兴出师爷”这个现象至今参悟不透，众说纷纭，但有一点却为各家所公认：浙江商贸繁荣，必须有人主持买卖的公平交易、维护乡村的道德秩序。久而久之，经商致富之人便将子女（主要是子）送入学馆。有了知识的积累，所谓“书香门第”渐多，他们便比其他地方的人获得了更多的处理人际和社会事务的经验和智慧。所以，“绍兴师爷遍天下”也就不足为奇了，尤其是处理涉法定律事务的刑名师爷和处理征税理财事务的钱粮师爷两个角色，更是多为绍兴人所把持和担当。

关于绍兴师爷，最为众人所熟知的传说莫过于曾国藩上报给清廷的军事奏章了。据传，曾国藩与捻军等农民起义军作战，初时并不顺利，连吃败仗，但职责所系，又不能收兵。为了让朝廷供给军饷、粮草，不能不如实上报，但又怕皇帝怪罪，的确是要命的两难之选。有一次，刚刚打了一场败仗，粮草不济，又要向上索要，曾国藩只得硬着头皮写了奏章。文中有“屡战屡败”之语，并要求朝廷抓紧供给粮草，以便再战。在这份奏章送出前，被曾国藩的幕僚——一位绍兴师爷看到了。他略加思索，在文字顺序上做了点儿手脚，把“屡战屡败”改为“屡败屡战”。别看只是字序上的颠倒，却消弭了曾国藩既不敢隐瞒军情又担心皇上降罪的两难选择。曾国藩见了，茅塞顿开，欣喜异常。果然，朝廷不仅未有半点儿怪罪之意，反而认为曾国藩忠心保国，堪负重托，对其更加支持，成就了他剿灭捻军、封官晋爵的个人理想。

其实，在执律辩罪方面的智慧与技巧，绍兴师爷也一样高妙超拔。清朝时期，浙江某地曾发生这样一桩案子：一个有名的孝子，为报母仇，杀了父妾，依照《大清律》被判了死罪。当地开明人士有心相救，上书浙江巡抚刘秉章。刘表示无力干预，于是，众人又求助刘的手下——一名绍兴师爷。这位师爷仔细阅看了案卷后，把案卷的“看语”——判案的依据——“情有可原，法无可恕”前后对调，变成了“法无可恕，情有可原”。还是这几个字，前者强调罪责，后者突出罪因，几乎不费吹灰之力就改变了判词的性质，救了孝子一命。不夸张地说，这样的人，放在今天，即使称不上天才的心理学大师，也绝对是个称职的律师。

虽说“八字衙门朝南开，有理没钱莫进来”道出了封建时代官场的黑暗，但不管怎么说，大大小小的衙门毕竟是对整个社会具有控制力的政权实体。它们既是权力机关，又是行政部门；既具军事功能，又兼司法效力。你可以说它们腐朽，却不能忽视它们的存在；你可以说它们低效，却不能否认它们的作用。如果说中国是一个“道德传统”资源丰富而“法传统”资源稀缺的社会的话，那么就必须承认，正是一个数量庞大的师爷群体的存在，才使得上古时期的涓涓法治思想不至于干涸断流，才使得本来就比较羸弱的“法传统”一息尚存。在这一点上，绍兴人立了大功。

再谈上海。应当说，它是中国最富有梦幻和奇迹的一座城市。从“亚殖民时代”的“冒险家乐园”到新中国的“东方明珠”，上海只用了不到半个世纪的时间就成了中国近代化的一个标准写照。北大光华管理学院教授、牛津大学博士、德国人师凯亚说过：“中国的问题是：一边快，一边慢。有些地方快，有些地方慢。物质资本积累快，道德资本积累慢——一套以法治为核心的规则系统，不仅包括有形的制度性规则，而且包括无形的价值观念。”上海的出现，恰恰填补了“师凯亚论断”的“规则性例外”——这里几乎不存在什么“快”和“慢”的问题，也就是说，一套以法治为核心的规则系统在上海构建的速度几乎与它的物质积累一样快。

这就不能不提到作为规则系统支柱的警务了。众所周知，警察是西方社会的产物，但随着殖民者霸道的脚步，这一职业很快就以制度的形式出现在了上海。从“工部局”的设立到“租界警察”的出现，上海成为中国社会在屈辱中认识、接受西方法治文明的第一个试验场。如果说黄遵宪创设的湖南保甲局是中国现代警察的起源的话，那么，上海“租界警察”则是西方警察制度在中国的翻版，它们分别在概念和体制上给当时已显老迈的中国社会提供了管理上的启示。否则，袁世凯绝对想不到用警察代替军队的办法进驻天津，成功地钻了洋人的一个空子。当然，也许是职业底色不同的缘故，史书中记载说，光绪二十四年（1898 年），湖南保甲局的警士第一次上街执勤时，一个个如大姑娘出嫁，羞得不敢见人。最后只好由长沙府派遣盛装大员，亲送到岗，仪式极为隆重。而在上海，“红头阿三”连同本土的“黑狗子”早已在黄浦江边的外滩和“十里洋场”耍了多年的威风——既然是法律赋予的权力，他们就善于把这种权力使用到极致，哪里还顾得上什么形象？

《上海通史》主编熊月之先生在对上海历史和城市性质的分析中说：一、移民性质的城市，使这里充满竞争力。二、它的公共意识比较强。近代中国的司法制度、法院、律师都是在上海最早出现的，这使得上海人养成了爱论理并服从管理的特性。三、深厚的服务意识。从1843年开始，上海就一直是一个商业社会，这样一个讲究效率的社会使人们有更强的服务意识。四、这里的人习惯做职员，是个职员城市。可见，上海是一个天生讲究秩序性和服从精神的城市，难怪旧时的警察那么横！

今天，徐州已不再是古老的代名词，绍兴人也不再津津乐道历史上出过几个玩弄文字游戏的师爷，上海更成为共和国版图上一个对外开放的国际化大都市。虽然法治的传统还在，但法治的模式已经脱胎换骨。现代警务体制早已把捕快、师爷和外籍雇佣警士变成了纯粹的符号，停驻在历史的记载里。

当然，从现代警察的身上也能反映出历史的影子：作为江苏的北大门、华东和中原社会治安“晴雨表”的徐州，刚猛顽强的血性里还保留着浑厚的楚汉雄风，使江淮地区警察平实的性格中多了一分北方和西部的豪爽。别的不说，单是在二十世纪八九十年代，九百刑警男儿破获的重大刑事案件总数，就占了江苏全省的三分之一。“十大破案能手”、“十大彭城卫士”……“警察之鹰”层出不穷，各领风骚，印证了“徐州出刑警”的传统。

而绍兴师爷的个人机巧，在当今时代已经普化为整体的区域智慧，使整个浙江地区的人都受益匪浅，做事情、想办法非常擅长蹊径独辟，富有独创性："枫桥经验"、"联村住户"、"空巢守护"、"治安承包"……警务创新屡有惊人之举。所以，在对付高智能犯罪上，浙江省利用指纹系统破案能够连续四年蝉联全国第一，民警人均破案数连续五年居全国首位。

至于上海警察，也许是深知市民对旧时"红头阿三"的蔑视、厌恶与痛恨，所以格外重视形象问题，着力打造警察队伍的"儒雅"、"亲民"形象。新中国成立以后，从"霓虹灯下的哨兵"、"马天民式民警"到"南京路上好警署"、"爱民模范肖玉泉"、"优秀社区警察陈瑜"……与老百姓心贴心的个人和集体不断涌现，让一个本来充满商业竞争气氛的大上海洋溢着一股浓浓的温情。正如中国外商投资企业协会优质品牌保护委员会主席张为安先生在评价上海警察的时候所说："这些工作（指知识产权保护）……如果离开了他们，什么事也干不成！"

几年前，零点调查公司的一项全国性调查结果显示：在整个中国大陆地区，华东地区的居民安全感指数最高。其中，浙江在省份综合评分中高居首位；杭州、南京在城市综合评分中分列一、二名，人民群众对警察队伍的满意率也最高。可以说，东部社会以"民富"促"国强"，正在用一种超出常规的方式和速度把中国古代哲人提出的"小康社会"变成现实。同样，东部警察也凭借与海洋文明长期对接的优势，进行着现代警务运行机制的探索和建设，用现代警务理念武装队伍，立警为公，执法为民，把既富又安的百年诉求付诸实践，努力开创具有中国特色社会主义的警务、法制新时代。

——因为他们维护的是最广大人民群众的利益！

——这是他们的职责，也是他们的光荣！

三、文化的力量

在广袤的国土上，黄河和长江是中华民族的摇篮。如果说黄河铺设了华夏文明的底色，那么，长江塑造的就是东方文化的形象。从青藏高原起步，穿越崇山峻岭，一路高歌，几经回旋，长江终于在中国东部找到了同大海的汇合地。此时此刻，面向大海，春暖花开。一种喜悦的心情，一种踏实的感觉，一种完美的回归！曾经的探求、追寻、阵痛、迷惘，从此找到了一个安定妥帖而又全新从容的文化立足点和出发点。

江河孕育了文化，文化滋养着人类。在东部水丰雨沛、柳绿桃红的土壤上，“长三角社会”呈现出一种怎样的文化姿态，而这里的警察又具备怎样的文化素养和思维特征呢？

东部地区经济的一般发展规律呈现出一个明显的“三段论”：先自主发展，如乡镇企业的崛起；再吸引外资，如外向型经济；再回归自身，如近年来的民营资本启动。用法学家何家弘的话说，东部社会的游戏规则“正在从权力导向转化为权利导向”。2003 年 5 月 7 日的《光明日报》上刊登的《文化的魅力》一文指出，进入二十世纪九十年代，长三角再度超越珠三角，成为中国经济版图的龙头。溯本求源，深厚的文化积淀不能不说是一个重要的原因。长三角集中了全国主要的科技和教育力量，特别是沪、宁、杭汇集了全国三分之一还多的高等院校和科研院所。江苏的科技对工业经济的贡献率达到了 50%，对农业的贡献率为 60%。教育更是江苏的骄傲。目前江苏高校占据全国三个第一：全省现有普通高校八十四所，全国第一；在校本、专科生六十多万人，全国第一；2002 年招收二十六万多人，全国第一。在被称为“教授之乡”的无锡宜兴，现有两院院士二十名，在全国各地工作的教授、副教授八千名。重教兴学是传统，人们常说“无农不稳，无工不富，无商不活”，而这里则加上了“无文不高”。

在这样的文化背景下，长三角积累和蓄养了丰富的精神财富——上海的高效有序和国际化胸怀，江苏的人文关怀和深厚的文化底蕴，浙江的灵活经营和市场意识，如三支火炬，相互辉映，点燃了二十一世纪长三角的精神火炬。它是丰厚的历史积淀与前瞻的科技精神、严谨的国际规范与灵活的市场意识、进取的工商传统与宽厚的人文关怀的完美结合。

浓厚的文化氛围，使东部地区的人们形成了独特的品格特征，这在东部警察身上也集中体现和反映出来。

首先是和平主义态度对暴力倾向的抑制，即所谓的“以柔克刚”。文化的基本功能是教育人、引导人、培养人、塑造人，文化是民族的身份证。山东大学教授蔡德贵认为，中国文化是和平文化。中国传统文化有丰富的和平文化资源，在中国历史上产生过三大派的和平论：秩序的和平论——儒家；行动的和平论——墨家；自然的和平论——道家。稍加留意就会发现，三派和平论的始创均在中国东部地区，长三角自然也在它的辐射之内。正如法国启蒙思想家、法学家孟德斯鸠（1689—1775）所说：“扩张是罗马的目的，太平是中国法律的目的，战争是斯巴达的目的，而政治自由是英国政治的目的。”英国哲学家罗素则说得更加直接：“中国人统治别人的欲望明显要比白人弱得多。如果世界上有‘骄傲到不肯打仗’的民族，那么这个民族就是中华民族。”中国人天生的态度就是宽容友好、以礼待人并希望得到回报。

这种注重和平内涵的文化心态多少影响了东部警察的思想和行为。在上海，从 1987 年 7 月 28 日盛铃发倒在犯罪分子的刀下，到 2003 年 2 月 8 日陈卫国的牺牲，整整十六年时间，上海民警中没有出现因与犯罪分子面对面搏斗而牺牲的烈士。所以，当陈卫国牺牲时，他们会感到深深的震惊，因为在平时，他们的口号是

“宁伤两个，不死一个”。他们不怕死，但不作无谓的牺牲。他们知道，一个刑警的死是家属亲人的灾难，更会对社会产生难以估量的副效应。女作家高红十在上海采访刑警期间，有一天在歌厅见到这样一幅场景：服务生问一位刑警，要不要点那首男同胞爱唱的《送别》，被他断然拒绝：“不，我不想给任何人送别，也不要别人给我送别。”听到此话，高红十久久无语。她想，对生命的尊重与自尊，或许是现代刑警的特色之一吧。

第二是富有首创精神，善开风气之先。《战争与管理》前执行主编余世存在批判中国传统的社会思想状态时指出：“这个民族曾经上演和正在上演的自己人打自己人、自己人整自己人、自己人坑自己人，人人做戏的情形，我们多多少少有过自觉或不自觉的摒弃。那种警察思维、冷战思维、主旋律思维、顺向价值思维、阶级斗争思维、看人下菜碟思维等，都不是我们所习惯的。”的确，在我们的记忆中，诸如“文革”这样的非常年代，上述包括“警察思维”在内的思维习惯——全社会只有两种人：要么是管人，要么被人管——深刻地影响着人们的观念，使得民族的创新、开拓和进取精神受到极大的抑制。

但是，改革开放以来，东部警察在首创性方面所取得的成就不仅在全国范围内引人瞩目，而且即使放在东部社会，与其他行业相比也毫不逊色。身为专政工具，他们却能够以“建设服务型公安机关”率先突破“警察思维”的桎梏。论及社会舆论对一个行业的监督和行业内部自律的力度，莫过于警察，而尤以江、浙、沪为最。此外，江苏的“社会治安防控体系”、“警察公共关系”，上海的“警察全员教育训练制度”、“都市网络化巡逻”，浙江的“网上户口迁移”、“警察心理咨询”等，都在全国堪称首创。南京的“社区警务战略”、浦东的“国际社区”以及综合治理的“温州模式”等更是赢得了国际声誉。不久前，一家媒体在论述社会治安和居住环境的关系时归纳了“治安天堂的十个关键词”，其中有八个为江、浙、沪首创。具体包括：警民关系零距离（代表城市为杭州）、封闭式社区（代表城市为南京）、卡通警示牌（代表城市为杭州）、网络化街面巡逻机制（代表城市为上海）、治安信息员（代表城市为杭州）、警务通（代表城市为南京、杭州）、二十四小时屯兵街面（代表城市为上海）、电子政务公开（代表城市为杭州）。其他两个关键词则是：民意无盗（代表城市为武汉）、群防群治经费列入财政预算（代表城市为武汉、汕头）。

在这里，不论是一张小小的“警民联系卡”、一幅卡通招贴画，还是利用出租车司机提供破案线索、像天气预报那样发布“犯罪动态信息”，都闪耀着东部警察敢于创新的智慧和不断开拓的精神。

第三是在重视规则和诚信的基础上，讲究人格尊严并礼遇他人。时下，社会上流行一种“仇富”的思潮，一些人隐含着“仇富”心理，见了富人就恨不得把他掐死。陕西富豪李海仓被害案就是一例。但是，有调查表明，不仅没有一个人仇视世界首富比尔盖茨，反而有53%的人表示钦佩他，因为从他的身上看到了这样一个富翁形象：既富裕又不乏同情心，靠勤奋加努力而不是靠投机取巧或钻法律的空子，富甲天下却从不奢侈挥霍。特别是在东部发达地区，“仇富”心理已经渐渐被“赶富”、“超富”行为所取代，这里发生的以富人为侵害对象的重大案件比率，相对于这里的富裕程度来说，并不突出，尤其是来自本地区的侵害者，更不多见。这固然与富人本身具备一定的公益心有关，但良好的治安秩序以及警方强大的防范打击能力也是一个重要因素。

近几年来，外商对中国的投资，特别是对长三角地区的投资大幅增加，主要原因是他们看中了这一地区已经初步形成的商业社会必备的“规则——信用”体系。此外，在外商对中国大陆投资环境评价要素的构成当中，治安占40%的份额。可见安全或者说警务的作用相当重要，所谓“治安也是投资环境”，就是这个道理。在谈到外资企业呈现越来越明显的“华南——华东转移”趋向时，东莞台商协会会长张汉文说：“（华南地区）有些部门执行公务不讲策略，违法行政，有影响台商经营的现象。”而提到华东，人们则一致认为，长江三角洲地区吸引外商最厉害的招数是：关照和规范。这不能不说与东部警察的素质有相当的关系。《光明日报》的一篇文章中引用一位台商的话说，台商在大陆投资的40%在江苏，其中80%在苏州，因为这里的社会治安好、文化底蕴深厚、人的素质高。而在浙江，则以“安商、舒商、引商”来不断丰富公安服务内涵，改善投资软环境，这已经成了浙江警方的共识。例如嘉善县，这是一个没有森林资源的江南水乡，可偏偏在这里出现了全国规模最大的“三合板”加工基地。一个“无中生有”的产业从何而来？故事要追溯到二十世纪九十年代，一个在广东生产“三合板”的台湾客商偶然经过嘉善，被这里良好的治安环境、投资环境吸引了，第一个把工厂搬迁过来。几年后，这里的“三合板”加工厂如雨后春笋，遍地开花。

我们要创造良好的治安环境，更要创造一个讲究人格尊严的环境。尊严对于人来说，是凌驾于财富甚至生命之上的。这正与东部警察讲求执法人性化的职业要求互相契合。当着犯罪嫌疑人家属的面，只要不会造成嫌犯逃脱的后果，警察宁可自己在寒风刺骨的门外守着，也不愿在逮捕过程中给无辜的老人、孩子造成不必要的刺激和惊吓……这些细节上的传说，你可以信，也可以不信，但东部警察的确是这么做的。乃至刑警大队大队长收养死刑犯的幼女、十二位民警陪嫌犯为其母守灵这样的事，不管你信与不信，东部警察也不言不语地做了。要知道，江、浙、沪三地近十六万民警，大专以上文化程度的接近60%，江苏更是高达71%。他们中的兼职大学客座教授、特邀研究员数不胜数。尤其是江苏，徐州的王铁兵、常州的刘持平、扬州的李后生、无锡的张跃进等四位市公安局副局长，均是“上马能打仗，下马著文章”的专家型、学者型领导。文化使人文明、自觉、有修养；文化使人开明、自醒、豁达而理智；文化使人通明、自重，也懂得礼遇和尊重他人，这是走到哪里都无法否认的。

今天的中国，已经迈进了财富时代的门槛。《南风窗》杂志上的一篇文章说：

“在这里，已经令人开始有一种感觉：它是世界上最有活力的地方，也是最浮躁喧嚣的地方。有的地方很热，热气腾腾；有的地方很冷，荒凉萧条，却很难找到一个很温和、很从容的地方。在城市街头，大家好像都是那么急：司机们几乎天天在争路抢道；上班族总是那么匆忙地赶路、加班、计算、算计，神经紧张。

“这个时候，你会想，财富能否与简单同在，与喜乐同享？……也许很难。不过，我们依然在仰望星空，并对脚下这块土地心存渴望——有一天，她会从物质为本走向以人为本；有一天，她会不再计较外在的数字，而会去关心生活的质量、生命的质量；有一天，她会不再‘断裂’，没有歧视，而是充满和谐。富者有敬畏，贫者有尊严。有一天，她会看重伟大胜于强大，看重高贵胜于富贵，自尊自强但不以自我为中心，以不欺凌别的国家为自觉，更以能够保护每个公民的权利而自豪。”

值得欣慰的是，从财富时代到文明时代，我们在东部看到了这种迹象；从物质为本走向以人为本，物化的中国成为人化的中国、文化的中国、自然的中国，我们在东部警察身上看到了这种努力。“平安江苏”、“平安浙江”、“打造上海公安精神”的提出，预示着与国际接轨，走科技强警、文化育警之路。党和人民信赖的“威武之师”正在朝着“文明之师”的方向前进。

——因为东部警察置身在先进文化的洗礼之中！

——这是他们的理想，也是他们的力量！

三条绳子

这是一个听来的故事。

在一所监狱里，有一个年轻的犯人，也许是在外面称王称霸惯了，所以刚入监时还难以适应严格而刻板的生活。为了不受人欺负，他不惜对抗管教，决心靠自己的拳头在同犯中打出一片天地。

可惜，他错了，监狱毕竟不是社会，惩罚总是与他的错误同步到来，一点儿逃避的机会也不给他。于是，他不停地进出禁闭室。一年过去了，他的刑期不仅没减，反而增加了两年。

更要命的是，他把自己给人的印象糟蹋了：干部对他失望，别的犯人更不愿跟他交往，结果天地没有打出，连立足之地都失去了。

他又一次从禁闭室里出来的时候，干部甚至碰到这样一个难题：没有一个犯人小组愿意接受他。在同样注重集体荣誉的监狱里，谁都不想让一个屡教不改的反改造尖子影响自己的前程。

干部们非常理解这些犯人的想法，就没有强行安排。最后，把这个年轻的犯人和一名还有一个星期便已刑满的、负责看门的老犯人放在一起——虽然他不必参加重体力劳动，但一想到他过去的表现，干部们便情愿让他讨这个便宜。

头两天，他还算老实，坐在门边晒晒太阳、喝喝茶、散散步，毕竟关了那么长时间的禁闭，也算是放松放松。但是，第三天他就难受了：人是怕孤独的动物，没人说话的滋味不好受。他想和那个老犯人套近乎，却没有机会——老犯人要么忙着打扫卫生，要么戴上老花镜捧本书读，还不停地在纸上记点儿什么，一副拒人于千里之外的样子。

于是，百无聊赖的他开始用恶作剧来发泄心中的苦闷。老犯人刚把厕所打扫好，他就进去故意把尿撒在便池外边；经过老犯人身边的时候，他的裤脚总要把装满水的茶杯碰倒；就连老犯人坐的那个小凳子，他也没放过：把一条凳腿扭断了，虚支在那里，老犯人往上一坐，马上就摔了个仰八叉……

即便是这样，老犯人也不生气，更不与他理论，就像什么事都没发生一样。

这让他感到很不爽——他本想惹点儿事出出气，偏偏这个老犯人一点儿空子都不给他钻。

这天，是老犯人刑满出狱的日子。临行前，老犯人在干部面前低声说了几句什么。干部点了点头，然后便让他过去。他不明就里地跟着老犯人走进了宿舍。

奇怪的是，干部并没有进来，房间里就他们两个人。

“听说过这个人吗?”老犯人随口报出一个名字。

这个名字太熟悉了，那是他这辈子最崇拜的一个人。十几年前，他还是个孩子的时候，这个人就已经是全市最厉害的团伙头目了。他每次调皮捣蛋，父母都会用这个名字吓唬他！

他说：“听说过。”

“这个人就是我。”老犯人说道。

他心里一惊，嘴半张着。

“怎么，不信？不像？”老犯人笑眯眯地问。

他摇了摇头，又点了点头，不知道该说什么。

“小伙子，你在外头、在里头的事情，我都知道。不管对错，过去了，不说了。我就凭自己这点儿经历，临走时送你几句话，你看有没有道理。有，就记着。没有，就当我没说。”

这回，他郑重地点了点头。

“人生在世，谁都难免被三条绳子约束，谁都想挣脱开。第一条绳子叫‘名’，第二条绳子叫‘利’。挣脱这两条绳子很容易。你从伙计干到老板，从穷光蛋干到百万富翁，从听话的变成发话的，从讨饭的变成施舍的……有钱了，有地位了，只要它来得正当，你就可以拥有它、使用它，不再受它的约束。”老犯人说。

他盯着老犯人的脸，听得入了神。

“可是还有一条绳子，跟前两条不一样。你不碰它，就感觉不到；你想支配它，它不同意；你越想挣脱，它反而越勒越紧。知道它叫什么吗？”老犯人问。

他懵懂地摇了摇头。

“我告诉你，这条绳子叫——法律！”老犯人的神色变得庄重起来，“其实，每个人身上都不能没有这条绳子。光想挣脱是不行的，也挣脱不了。你琢磨琢磨，是不是这个理儿？”说完，老犯人站起来，拍拍他的肩，走出门去，只留下他坐在那里，没动。

老犯人走后的日子其实并没有什么改变，太阳还是每天从架设着铁丝网的高墙上爬出来，犯人们还是每天出早操、列队上工、上课学习。如果说有改变的话，就是那个年轻的犯人，他有点儿沉默，有点儿安静，也有点儿温和，像在考虑着什么……

几天后，他主动找到干部，交上两份材料：一份是改造保证书，一份是劳动请求书。干部收下了，而且满足了他的要求。

到年底评比的时候，他第一次作为改造积极分子参加了总结表彰大会。监狱长亲手为他戴上大红花……

共享平安[1]

宇宙之中，值得我们感动的奇迹并不多，而生命的存在却是其中之一。可这样的奇迹却又一次次被人类自己毁掉了：2001 年 12 月 30 日，中国江西万载县烟花爆炸。据官方公布，有十四人死亡、六十一人受伤住院。混着硝烟味的悲伤没有国界，31 日，秘鲁的利马市又发生爆竹爆炸并引发大火，市民死亡超过三百人，其中 30% 是儿童。美丽的烟花制造了悲伤的葬礼，我们只能对突然消失的生命表现伤痛，却没有机会表示尊重了。

在全球化的时代里，生存所需要的安全环境已经受到了严峻的挑战。中国江苏刚刚侦破的盐城“4 · 15”金库被劫案表明，银行这个“社会安全的底线”已经遭遇了犯罪的刀刃。过去一直被认为相当安全的地方，其实并非像人们想象的那样固若金汤，更何况，威胁公共安全的因素还在日趋复杂化。2001 年美国遭受的恐怖袭击，使全世界认识到了客机、轮船等武器范畴之外的工具也会对安全构成致命的威胁……与地震力量的

---

① 原载于 2002 年第 2 期《警方》杂志。

积累非常相似，安全隐患的积累在无声中准备着吞噬生命，并将极大地挫伤人们对安全的信心，不是吗？当悲剧突然爆发之后，逝者长已，生者长悲。人生无常的感觉像梦魇一样跟随着烟花爆炸后的江西万载人和秘鲁利马人，还有阿富汗人、巴勒斯坦人、以色列人……

美国心理学家马斯洛把人的需要分为五个层次，其中第一个层次是生理需要，第二个层次就是安全需要。但是现在，两重需要的重要性已经难分伯仲。2002 年 1 月 5 日，华盛顿里根国内机场安全检查人员在对飞往底特律的飞机进行检查时，强迫七十五岁的民主党众议员丁格尔脱下裤子接受安检。虽然人的尊严在马斯洛的理论中排在第四个层次，是更为高级的需要，但在安全面前，丁格尔只能牺牲尊严露出屁股——丁格尔当时的妥协，应当说反映着个人对“安全第一”的深刻理解以及行为上的自觉。而当我们从媒体上看到这条消息的时候，我们不由得想到，在 2001 年发生的广西南丹特大矿井透水事故的地面现场，高耸入云的井架上“安全为天”的标语赫然在目，给那场悲剧添加了一个让整个民族都感到锥心的注解——如果不能把安全的命运牢牢地抓在手里，稳稳地踩在脚下，喊得再响的口号也会成为毫不留情的嘲讽，挂得再高的标语也会化作从天而降的灾难。

社会群体也表现出了对公共安全的关注，其实也只有依靠群体的力量才能给我们创造一个平安的家园。承担维护公共安全重任的警方，以更务实的精神面对挑战。南京市鼓楼区开始筹建“社区保安团”，四百名社区保安将于春节前上岗，目标是“让居民生活在祥和安宁的小区”。与此同时，这个城市的警方召开誓师大会，提出创建“全国最安全城市”的口号。江苏省将在南京、苏州、无锡、徐州四市组建一支具备专业技能、配备特种装备、训练有素的反恐怖专门队伍。

好的开端，虽然并不一定带来好的结果，但是却能让人产生希望。“让希望指引着你走出灾难和困苦，然后享受生活。”这是黎巴嫩著名诗人纪伯伦的话。也许，诗人的语言更应当成为今天的人类在特定情境下的理性选择。毕竟，只有生命的平安存在，才能够给人一种奇迹般的感动！

回到常识[1]

上升到理论的客观规律叫哲学，走进日常生活的哲学叫常识。

常识是最容易理解的一般道理、最容易接纳的普通见识。常识如同数学里的公理，无须证明。

但也许适逢知识爆炸的年代，常识往往被升腾的烟尘遮蔽。所以，二十世纪七十年代，美国警察忘却了“扎根民众”的常识，陶醉于高科技的包装，把自己变成一架对现代交通与通信技术高度依赖的“机器”之后，才猛然发现，他们在成为“神气行业”的同时，变成了“被社会孤立的一群”。

1979年，美国警察学家哥尔德斯坦在评价当时正在兴起的“社区警务”时说：“以前的警务是在治标。今天，我们要回到并遵循警务工作中那些基本的常识，就是发现并解决问题的根源，使警务工作改而治本。”在这一思想的指导下，一种被称作“以解决问题为目的”或“以为服务居民为目的”的警务工作在迈迪

① 原载于2002年第4期《警方》杂志。

逊市、巴尔的摩市和纽约市先后展开。自此，以“问题导向”为核心的社区警务模式很快波及全球。可见，第四次警务革命与其说是一次“革命”，不如说是一次“回归”，回归到民众中间，回归到深入社区、调查研究、发现问题、解决问题的常识上面。

今天，同样的回归现象也在深刻地影响着中国的警务工作。公安部先是把2006年定为“基层基础年”，把工作重点转到抓基层、打基础、苦练基本功上面，又在2012年进一步推进公安基层基础工作。与此同时，各地也改变了往年大呼小叫的战役式做法。“严打”的口号尽管没有废止，但实际操作却更注重平时的预防和超前控制，一种更符合现代警务特点的机制正在逐渐形成。

曾几何时，欧美警察把自己看成是对付违法犯罪及其他社会丑恶现象的唯一保障性力量、决定如何解决治安问题的最佳人选，力图控制涉及其工作领域的所有事务，竭尽全力地维护警察是防制犯罪和社会失范的“淡蓝色防线”这一神话。但是，事实证明，这种指导思想是错误的。因为在“事件驱动式”的警务模式下，电话系统和大量的群众呼叫形成的“电话—警察综合症”，决定了警察只能对各种各样的事件做出反应和处理，而无法去发现和解决产生事件的根源性问题，更无暇面对面地了解民众的思想、感情、需要和期望。于是，每一项新的改革，几乎都会陷入“霍桑效应”的怪圈——最初都可以达到某种效果，但越往后越困难重重。

里诺，美国的一个旅游城市，该地的警察局曾经在全美的一项民意测验中获得了90%以上居民的认可，并被专家誉为“全美中等城市解决社区治安问题的典范”。但仅仅在一年之前，60%的居民还认为“警察不称职”，并投票否决了“增加警力”的提案。促成这一根本转变的原因其实很简单，就是警察局在对付犯罪的问题上不再大包大揽、独断专行，而是借助社区民众的力量，通过对全市治安状况进行深入调查，拿出了切实可行的应对措施。此后，一年一度的调查成了里诺警察局的一项制度，一直延续至今，并被世界各地效仿。

也许是因为受深厚的“德文化”传统而非“法文化”传统的影响，中国的公安工作更讲究“群众路线”。所以，虽然曾有过、现在仍注重专业化、技术化建设，但在警务实践中尚未出现类似西方“机器警察”的严重弊病。因此，是否可以这样说，如果警察不再沉溺于对自身强制力量的迷信，并且遵循和尊重警务工作中那些常识性的规律，同时不再一厢情愿或有意识地拒绝“包打天下”，那么就会使得自己避免成为“霍桑效应”下的尴尬对象，并且挣脱社会加在自己身上的过分的、不应有的苛求。

警察回归民众，就回到了力量之源；警务回到常识，也就回归了警务之本！

仁者无畏[1]

蕴藏在普通人心灵深处的力量，往往在爆发时像夜空里的焰火，给人世间留下瞬间的美丽和长久的回味。

4月26日上午11时左右，在宗教大改革家马丁·路德的故乡、德国图林根州首府爱尔福特市的约翰－古特恩堡中学，来了一个十九岁的黑衣枪手——被校方开除的学生施泰因豪泽。他用一把手枪和一支连发猎枪向正在上课的师生疯狂射击，打死十七人，重伤六人。眨眼间，书声琅琅的校园变成了血肉横飞的屠宰场。然而，凶手没有料到，有一个人没有被他的暴虐征服，那就是赖纳·海泽——该校的一名历史教师。当他们在走廊上相遇时，面对黑洞洞的枪口，海泽先生说：“如果你觉得还不过瘾，就请扣下扳机吧。”面对海泽先生的弥天大勇，杀手顿然失色：“今天我已经杀够了，海泽先生。”趁杀手精神松懈的一瞬间，海泽先生猛地一下用力把杀手推进旁边一间无人的教室，并迅速将门锁上，直到警察赶到。杀手眼见逃脱无望，饮弹自杀。

---

① 原载于2002年第6期《警方》杂志。

如果用中国古老的道德标准来判断，海泽先生当属“仁者”。孔子说：“仁者，爱人也。”把别人的生命安全和尊严看得与自己一样重，是“仁”的坚实核心。关爱他人能够产生成为英雄的心灵力量。孟子说，仁者无敌，然而对于那些为他人的生命安全舍生忘死的人来说，应该是“仁者无畏”。

这条永不过时的道德准则垂范千年，中国也不乏像海泽一样的仁者。不久前，五十七岁的南京下岗工人周光裕在玄武湖畔勇斗持刀抢劫歹徒，献出了自己的生命。在社会道德普遍滑坡的时代，周光裕的死让更多的人看到了正气不灭的脊梁和重建正义的希望。

海泽和周光裕，虽然同出义举而生死殊途，却显示了东西方社会在道德和舆论上都鼓励见义勇为的共同价值取向。

“正义是社会制度的第一美德。”正义理论大师约翰·罗尔斯说，“在社会基本秩序中，正义原则处于优先地位。”但是在现实生活中，“如果社会上一部分人的非正义行为没有受到有效的制止或者制裁，那么其他本来具有正义愿望的人就会在不同程度上效仿这种行为，乃至造成非正义行为的泛滥”（这是《正义的两面》一书的开篇语）。它从另一个角度反证：社会不能缺少见义勇为的精神和个人。也许我们很难要求人人都成为周光裕和海泽那样无畏的“仁者”，但是，做一个有正义感的人，作为一种生命的境界，作为一种文明的层次，这是个人发展和社会进步的共同诉求，需要尊重，也必须尊重！

阳刚之柔[1]

在危情时刻，警察会以鲜血乃至生命完成自己的使命。2002年5月13日清晨，尼加拉瓜国民警察总监蒙吉亚驾车上班的途中，在一个十字路口等待绿灯时遭遇了两名歹徒的抢劫。这名老资格的警察只身反抗，被歹徒连击数枪身亡。枪声中，警察的阳刚本色仿佛散发出金属般的光泽，坚实而沉重——这也是文学、媒体、影视一直都在着力展现和演绎的警察形象，甚至女警察也似乎应当如此。

然而韩国人发现，美丽的女警还拥有阳刚之外的柔韧力量，这种“力量”在执法过程中往往能够收到胜过阳刚的奇效。地球跟着足球转，世界杯让全世界癫狂，韩国世界杯组委会训练了七百多名漂亮女警，专门对付那些臭名昭著的足球流氓和失控的球迷。保安专家的理论依据是：当发生球迷骚乱事件时，那些激动的球迷一旦发现警戒线最前沿都是一些貌美如花的女警察，多数人将会不忍心与她们发生直接冲突。事实也是如此，不久前韩国

① 原载于2002年第7期《警方》杂志。

警方在应付汉城的大规模示威游行时，曾经出动了一批美女警察维持社会秩序，起到了“令人满意的效果”。当然，如果那些足球流氓缺乏“怜香惜玉”的风度，经过严格跆拳道训练的女警也有足够的能力让他们饱尝粉拳的厉害。

也许，还可以用更多的柔性方式让社会认同警察。几年前，中国曾有城市在马路旁边树起造型逼真的警察塑像。白天，会有不辨真假的人主动来跟塑像握手；晚上，会有遇急的群众来求助；过往的司机在老远的地方就会自觉地降低车速……以如此方式存在的“警察”，让人们享受带着亲切意味的安全感。而在澳大利亚的南部小镇葡堪多，还有身着古典制服的“淘金警察”，在维护社会治安的同时，勾起了人们对那个拓荒时代的想象，传播着久远的文明。

2002 年 3 月份，北京警方在全国率先推出“警察卡通形象”。“警察卡通形象”分为两部分，第一部分是警察的基础形象，即：男警和女警卡通形象；第二部分的六幅分别表现刑警、户籍警、特警、交通警、消防警和武警这几个主要警种。警察卡通形象的设计者希望：“人民警察亲切、热情，内心疾恶如仇，与人民群众要冷暖相知、危难相助。他们应该是刚柔并济的。”真如他所愿，这些造型夸张而可爱的卡通警察打动了群众，很多出租汽车司机一看到这组卡通形象就爱不释手，把它贴在驾驶室里，开车时觉得心里特踏实。

假设，卡通警察脸上的真挚笑容能在每一个警察的脸上生动地流淌，那么，下面的这个现象将不再成为问题：在今年江苏公安机关开展的“十万户调查”中，关于少数民警执法时态度“冷、硬、横、推”的反映就比较突出。也许，职业习惯使他们形成了冷峻的办事风格，但很多事实表明，阳刚并非警察形象的唯一内涵，甚至不是主要的表现方式。警民关系的贴近融洽，职业角色的日益柔化，在全球范围内，已经成为不同文化背景下的共同趋势。

仁者乐山，取其厚博；智者乐水，取其深流。然山水相依，才蕴化万端。警察阳刚，虽属本色，但在阳刚之外亦应拥有一分柔韧。如此，社会角色才会因此而丰富，做人做事才有一股山环水绕般的顺畅乐趣。

坚守之美[1]

德国的六月正是多雨的季节，但世界杯的“团队之星”却用炽烈的热度把全世界人的目光都熔化在绿草如茵的足球赛场。细雨霏霏的空中，升腾着浇灌胜利的汗水和化解失败的泪，迸溅出别样的火爆，令人如痴如狂、血脉贲张。

不知你注意到那些一直站在赛场周围却始终面向看台、背对球场的警察没有。无论是球员错失良机，引发全场观众的一片惋惜，还是一方进球后爆发出山崩海啸般的欢腾，都无法分散他们的注意力，他们始终保持固有的勤务姿势。这样的一幕幕被电视台在转播中多次无意间定格：当一方球员打入制胜一球，整个赛场瞬间沸腾起来时，从电视屏幕上可以看到，在球员和教练相互击掌、拥抱，本国球迷亢奋狂喜之际，场边执勤的警察依然分腿挺立，平视前方，只留下一个静止的身形、一个沉默的背影。

观众和球员构成了比赛的主体，表演者和参与者聚集在同一个游戏的舞台，完成属于自己的角色。没有多少人注意场边执勤

① 原载于2002年第8期《警方》杂志。

的警察，这似乎是天经地义的事情。但是，反过来说，警察置身于场内而能超然于比赛之外，却展示了令人叹服的职业素养。也许在他们个人看来，在自己的岗位上专注于担负的工作，是身为警察的本分，但正是这种战胜了诱惑的坚守，使得我们即使不能看到一个清晰的正面形象，也会被他们的背影打动。是的，工作着是美丽的。坚守岗位的警察为赛场添加了又一道美丽的风景。

在这个世界，警察就是一面阻隔善与恶、美与丑的盾牌，有很多事情需要用一种坚守的态度和勇气去对待，否则，很难说身上那套警服变不变颜色，能不能穿下去。在中国，铲除黑恶势力的“保护伞”成为公安机关开展“严打整治”行动的重要内容，而那些充当“保护伞”的，就有一些缺乏坚守态度和勇气的警察。不久前，沈阳市有多名公安败类被绳之以法，原因就是他们没有守住做人、做官、做警察的防线，蜕变成了黑社会的爪牙和犬马。

无论是中国警界严格执法、热情服务的公安英模，还是冲向世贸大厦废墟抢险救人的美国消防队员，抑或是世界杯期间忠于职守的德国警察……总之，好警察的身上都会显现出对职业、对法律的坚守之美，朴实无华而又摄人心魄。相反，有的警察内心缺乏一种精神和道德的支撑，经受不住各种诱惑的考验，自毁防线，蜕变成了无法无天、草菅人命、横行霸道、助纣为虐的“恶警”、“黑警”——就像那些身穿警服，却用警棍和警犬对待黑人的美国白人种族主义者。

坚守，是最美的操守。在观看足球比赛的时候，如果你是一个当警察的球迷，我建议你不妨把视线在那些背对球场的警察同行身上多停留片刻，领略他们在无声中演绎的坚守之美！如果你只是一个普通球迷，你也不妨对着他们的背影注视一段时间，去感受一下到底什么叫作职业精神！

的确，到处都有值得注目的和只能仰望的，哪怕是在狂欢的地方！

诚信立警[①]

内诚于心，外信于人，是谓诚信。

诚信之道仿佛一枚琥珀，历经千载光阴的凝聚和沉淀，成为一种坚实的道德和行为内核。于个人，诚信是为人处世的根本；于国家，恰如唐代魏征所说，乃“国之大纲”。中华二十五史的熠熠生辉之处，正在于无数“讲诚守信者”用汗水甚至生命培育的民族精神，光耀五千年文明的“礼仪之邦”。

然而，近些年来我们也发现，诚信观念正在慢慢地离我们远去，信用的缺失给国家和社会造成了涉及根基的伤害。据媒体报道，去年，全国因诚信缺失造成的经济损失高达五千八百五十五亿元；中国商品在俄罗斯的销路越来越窄，原因是假冒伪劣太多……诚信是 WTO 的根本游戏规则，一个缺乏诚信的国家在全球化竞争中能走多远，两千多年前的孔子已经讲得很明白，即如“大车无輗，小车无軏，其何以行之哉”。

中国加入 WTO 之后，人们急切呼唤诚信，倾力重建诚信。

① 原载于 2002 年第 9 期《警方》杂志。

作为政府的职能部门，警方承担着服务公众的责任。警方将以什么样的姿态塑造诚信，可能是一个关乎“上岗资格”的课题。这是因为，无论中外，作为第一社会服务力量，警察是公众最信赖的人，求助警察是最经济、最有效的选择。

面对这份值得自豪的信任，警方的诚信观也许该有明确的界定：一方面应当“言必信，行必果”，取信于民众。中国公安机关“110”的“四有四必”为民服务承诺，经过警方的真诚履行，赢得了社会的高度认可。1995 年，河北省沙河市公安局局长把手机号码告诉了全市人民。在开始的三四个月里，每天都有三十多个素不相识的人来电话。他不厌其烦地倾听，解决问题。他的诚信之举赢得了全体市民的一致赞扬。

另一方面则应当实事求是。能够做到的，竭尽全力去做；做不到的，也不要随便开出“空头支票”，失信于民。英国德文郡《警察见习官学习指南》中特别注明，警察机关是一种社会服务机关，每个见习官都应牢记，公众期待着警察的帮助。如果警察在某种特定的时间和场合不能提供帮助，必须马上向上级报告。可见，从见习时期就注重培养警察的诚信意识，对于一名警察乃至整个警察队伍来说，都不是一件小事。

而失信于民的后果是可怕的。2002 年 7 月 29 日，意大利一名警察承认，在 2001 年的热那亚八国峰会期间，警方曾故意在示威者滞留的学校安置了两枚燃烧弹，以此栽赃示威者，为警方行动提供借口。由于为警方行动提供了虚假证明，此事曝光后，共有七十七名警员受到调查，警方形象受损自不待言，问题是：今后谁还会再相信他们？中国先哲有言：人无信不立。何况一支动摇了诚信的警队？

无论是个人，还是团体，坚守诚信都是没有退路的选择。所以，2002 年 7 月，江苏省公安机关把“打造诚信公安”提到议事日程上来，可谓立足现实、着眼未来之举。

“敬”和“言”组成一个“警”字。何谓“警”？就是用虔诚恭敬的态度说话办事。这是一位不知名的南京出租车司机说的。放在“重建诚信”这个社会大背景下看，他对“警察”一词的解读真的很准确、很到位。

自由有疆[1]

“隐私诚可贵，自由价更高；若为反恐怖，二者皆可抛”。

这段读来朗朗上口的新闻标题，相信会有越来越多的人感受到它的沉重。2002 年 5 月 30 日，欧洲议会通过法令，支持对成员国的个人通信进行监视。这份名为“网络犯罪活动专家会议纪要”的文件具体提出了需要保留通信数据的十个方面，并强调指出，警方和情报部门能根据手机通话记录来确定通话人所处的方位，因为移动电话每隔几秒钟就和最近的通信基站进行联络。而这样做的目的，就是为了打击国际恐怖主义、国内犯罪活动以及毒品走私。

事实上，早在 2001 年 4 月，由欧盟各成员国警方、情报部门以及海关官员参加的欧洲警察总部海牙秘密会议已经提出了一个关于保留通信数据的欧盟“共同法令”。虽然有人批评这一法令是“国家权力对个人通信自由的最广泛的干涉，侵犯了最基本的个人隐私权”，但是出于对“9·11”恐怖事件的防范心理，无论

① 原载于 2002 年第 10 期《警方》杂志。

是在“以自由为天”的美国，还是在“自由概念”的发源地欧洲大陆，当局推行这一法令的决心已定。6月3日，英国率先把个人电子邮件、其他网络信息以及电话记录置于警方的严密监视之下，欧盟其他成员国也将开始执行这一新规定。

就生存环境而言，人与生物的共同需要是阳光、空气和水，而在其他方面，人类还有一种必需的要素，那就是自由——无论是哲学意义上的“自由意志和自由精神”，还是生活层面上的“自主地决定个人的言行”。不过分地说，世界范围内的一切物质和精神活动，一切以除旧更新为目的推进历史发展的革命行动，几乎都是围绕这两个字进行的。裴多菲的一句“不自由，毋宁死”，便足以证明自由在人类的思想和心灵中到底占据着怎样的位置。

但是，很显然，人类踏过新千年的门槛，凝望前路的眼睛里仍然残留着上个世纪末恐怖伤害造成的惊惧。两个多世纪来一直不息的“自由”追逐，终于不得不在“形而下”的层面上进行一些必要的收缩和修正。从上飞机要脱鞋甚至脱衣接受检查，到韩日警方与英国军情五处合作拒绝足球流氓前往世界杯赛场；从北京的一家法院宣判首位偷录录音者官司获胜，到警用装备国际博览会上监视、侦查犯罪的电子内窥镜的热销……所有的迹象似乎都在表明：在今后的生活中，自由的概念将更多地体现在它的相对性价值，而非绝对性意义。

总之，自由也罢，隐私也罢，对于视“有尊严地生活”为一种文明境界的人来说，确属不可干涉、侵犯和亵渎之权，但是，相对于“健康与安全的生活”这一最基本的需要，一切附属于精神的衍生，终究是第二位的追求。经历数千年的历史演变，人类在创造和享受文明成果的同时，必须为消除寄生在人性深处的恶之花付出相应的代价。过去曾经是道德，是健康，是环境，而现在轮到了自由。

“自由，多少罪恶假汝之名而行！”重温两百年前法国大革命的领袖罗伯斯庇尔临刑时的感叹，相信不管是正处于无亲中的欧洲，还是曾在噩梦中的美国，抑或是感受并时刻警惕恐怖威胁的其他国家和地区，在消化和适应了自由受到限制造成的最初的不适之后，每个人都会用平静的心情和目光打量新的生活。

善恶一念[①]

“没有什么比生命更宝贵的了。让一个人继续生存或提高生存质量，这正是我们要做的。”2002 年 10 月 9 日，墨西哥总统福克斯和夫人阿西贡签署捐献器官证书，希望他们去世后仍能对这个社会有所裨益。天高地远，有容乃大。对他者生命安全和生存状态的关心，正是人际之间的另一种“万有引力”，平衡着地球上的独特生命体系。

并非只有总统才有这样的博爱精神。西班牙三十九岁的男子胡斯托·马克斯肩扛十字架，在西班牙南部省份沿村落行走。长三米、宽两米的十字架非常沉重，但胡斯托说，一想起妇女遭受的家庭暴力，他就感觉十字架的分量轻多了。堪与胡斯托比肩的还有一位南非人——博，他选择在位于地下 3.5 米的洞穴中栖身一年，以引起南非政府和国际社会对南非犯罪问题的重视。博多次遭抢劫、被殴打，还被歹徒用刀扎伤过，每次都大难不死。他说：“上帝眷念我，一次又一次把我留在人间。我有义务用自己

① 原载于2002 年第 11 期《警方》杂志。

的生命和健康为打击犯罪尽力。”

一念为善，能使一个普通人的心灵发出高贵的光芒，照亮别人的一段生命旅程；一念为恶，则能使一个普通人的内心变成旋转的星际黑洞，吞噬无辜者的生命和幸福。

9月14日，中国南京市汤山镇发生大规模市民食物中毒事件，三百多人中毒，最终有四十二人被夺去生命。南京警方在9月15日将犯罪嫌疑人陈正平抓获。三十一岁的安徽霍县人陈正平在汤山镇开了一家小饮食店。为了在生意上与同行亦是同乡的陈正武竞争，他在陈正武的“和盛豆浆店”出售的豆浆和烧饼中投放了剧毒鼠药“毒鼠强”。他的想法是，让吃了陈正武豆浆和烧饼的人头疼、拉肚子，坏了他的声誉。然而，陈正平的卑微私欲终于和四十二条生命画上了等号，这个等式沉重得让人窒息。

缅怀无辜死者的纸花还在风中迎接黎明和黄昏，提醒人们生命需要精心呵护。尤其是对那些以维护公共安全为己任的警察，更不能遗忘。近二十年来，全国因公牺牲的警察达六千余名。2001年，全国几乎是每天牺牲一名警察。而在2002年上半年的严打整治斗争中，又有二百二十九名民警以身殉职。专家说，训练不足和自卫能力差成为中国警察牺牲的一个重要原因。当英国人意识到他们的警察也面临相同的问题时，为了增强警察制伏罪犯的能力和减少不必要的伤害，伯明翰警局在警察训练中增加了中国功夫课。

对生命的尊敬是从保护生命安全开始的，然后才是选择生存方式和提高生存质量。加拿大多伦多大学十九岁的大学生克雷格·基尔布格在这方面做得非常出色。十九岁的克雷格建立了一个名为“孩子能解放儿童”的人道主义组织。那一年，巴基斯坦的一名童工死亡的报道让他震惊、愤怒。他想，自己应该能做些什么。克雷格的组织一直致力于为儿童争取福利和公平待遇，至今在全世界已拥有十万名会员。

克雷格被提名角逐2002年的诺贝尔和平奖。不管克雷格能不能获奖，他都象征着一种精神力量：当有些人在私欲和恶念的驱使下去伤害其他生命时，总会有像克雷格一样的人们担负起拯救任务，告诉情绪低落的受害者，生活中还有很多值得追求和景仰的至善之境。尽管这个世界上还时不时地会冒出一个愚昧而疯狂的“人肉炸弹”或心理变态、滥杀无辜的枪手，甚至会冒出与现代文明为敌的恐怖分子，但谁也没有理由动摇这种追求和景仰。

毕竟，向善是人类社会发展进步的精神支柱和动力！

平安是福[①]

中国有句老话：和气生财，平安是福。

林老板是一位来自台湾地区的电脑集团公司董事长。2001年，他准备把公司的生产基地设在苏州吴江。在这之前，他别出心裁地安排了一个“太太考察团”，组织手下的部门经理太太们肩挎坤包，或步行，或骑车，在黄昏和夜晚到吴江的大街小巷装扮成问路人或下班的女工。几天过后，“考察”的结果表明，太太们得到了当地百姓的热情帮助，而且没有发生任何意外事件，证明吴江这地方民风淳朴、社会安定。于是，林老板迅速拍板实施迁址计划，十多家分公司落户吴江，不仅给该市创造了一万个就业机会，而且每年的利税高达数千万元。

现代社会发展实践证明，越是严密完善的制度体系，越容易受到连锁事件的影响。以美国为例，从“9·11”开始，资本持有者的信心就遭到了重挫，加剧了经济滑坡趋势。一位“拿人当靶子练”的狙击手接连在华盛顿特区的郊区射杀十一名无辜者，

① 原载于2002年第12期《警方》杂志。

其恶劣与残忍使总统都“忍不住想吐”。在类似六合彩的不知会落到谁头上的死亡阴影下，这个地区的中产阶级不用说安心做生意了，就连外出购物都提心吊胆。股市人气不旺，“熊”态毕现，在所难免。可见，社会治安的好坏，是关乎一个地区乃至国家政治、经济能否健康发展的大问题。

类似的正反事例比比皆是。欧洲的瑞士，虽然国家很小，但因其世界闻名的社会管理秩序、如诗如画的人文和自然环境，赢得了“人间天堂”的美誉。相反，南美洲的哥伦比亚、阿根廷等一些国家，虽然也曾拥有优越的先天自然条件，但由于国内治安秩序混乱、腐败严重、内讧不断，令国际投资者望而生畏，国内资本纷纷外流，国民经济一蹶不振。

黎巴嫩，在二十世纪九十年代之前，是一个全球闻名的是非之地，长期的民族冲突使这个号称“阿拉伯世界的明珠”的国度陷入了混乱无序的状态。在结束内乱后的近十年时间里，经过不懈的努力，终于恢复了国内社会秩序。该国总理自豪地宣称，他们正准备利用主办法语国家首脑会议的机会，吸引外来投资，重振国家经济。应当说，这是黎巴嫩人民的福气，因为非洲的乌干达、卢旺达，亚洲的阿富汗、巴勒斯坦等国，正处在类似十年前的黎巴嫩的状态。对于这些国家来说，内有忧，外有患，安安心心搞好经济建设，至少在现在，还是一个可望而不可即的梦。

印度尼西亚巴厘岛的大爆炸硝烟未散，恐怖分子又在菲律宾制造了反人道的新罪行。澳大利亚和中国香港政府都告诫民众暂缓到东南亚去，给当地的旅游业造成了不小的损失……风向捉摸不定，拥有一个煦风拂面、和气盈目的日子弥足珍贵。所以，近年来，“社会治安也是投资环境”已经成为我国各级政府的共识。搞好社会治安、改善投资环境、加快我国社会主义市场经济的发展步伐，这是中华民族对世界的贡献，更是十三亿炎黄子孙的福祉。

社会治安也是投资环境——信然！

回家的路[①]

2002年11月21日深夜，英国王储查尔斯在自己的别墅里险些遭到两名歹徒的劫持，警方认为这“表明恐怖分子在第一时间内瞄准了王室成员”；俄罗斯总统普京在回家的途中也差一点儿撞上恐怖分子埋下的炸弹；而在印度，11月24日，恐怖分子血洗了著名的拉格胡纳希神庙，造成六十余人死伤——在信徒们的心目中，神庙永远是最神圣的家。

家，曾经是个多么温暖而安全的字眼，如今却也笼罩在暴力与恐怖的阴影下，竟然连国家首脑也难以幸免！

在世界各国中，大概再也没有比犹太民族更深地体会“家”的珍贵了——上个世纪三四十年代，他们几乎都是在家园失落的痛苦和悲伤中度过的。也许正因为如此，今天，当他们用炸弹和推土机毁掉巴勒斯坦抵抗组织成员的住宅时，他们认为这是比消灭肉体更为严厉的惩罚和报复。就在12月2日，以色列军方还颁发许可证，占领约旦河西岸希伯伦十五所巴勒斯坦住宅，并声称“这是摧毁它们的前奏”。

---

① 原载于2003年第1期《警方》杂志。

以色列人可以不考虑对方的感受，但是，失去家园的巴勒斯坦人也绝不会甘愿停止多年循环的“冤冤相报”。奎克——一位巴勒斯坦中年男人，因为儿子法赫迪参加了抵抗组织，去年，他在希伯伦的家被以军摧毁。现在，他还经常回到原来的住所，面对一堆废墟，告诉孙子长大后要找以色列人报复。他说：“他们这样做，除了把我们逼上反抗的道路，并不会起到任何的作用。”

事实上，物质的家固然可以摧毁，但在灵魂世界里的家却谁也无法剥夺。即便以色列人摧毁、占领所有巴勒斯坦人的家，也无法抹去他们心灵中那个永远的家——巴勒斯坦国。就像那位坐了二十五年冤狱、终于在2002年11月13日被宣布无罪释放的英国人罗伯特·布朗一样，正是在一种“回家”信念的坚强支撑下，他才度过了漫长的囚禁生活。

人之所以为人，概因对家的热爱和渴望，这永远是每个人血脉中最深沉、最难化解的情结。倦鸟知返，游子思归，不管是谁，不管他漂泊在多么遥远的世界某个角落，对家的思念和感情仍会引导他找到回家的路。有消息说，印度东北部特里普拉邦的一个分离恐怖组织最近停止招募女成员，因为他们发现，越来越多的男恐怖分子爱上了女同党，竟放弃杀人放火、争取独立的“事业”，双双私奔，过起“老婆、孩子、热炕头”的家庭生活来。可见，即使是恐怖分子，也难舍对家的眷恋。

身体需要家的温暖，灵魂需要家的呵护。小到一个人，大到整个人类，都不能忘记家，都不能忘记回家的路，否则就可能失去作为“人”的尊严和价值。就像那些与人类文明为敌的恐怖分子一样，与其说他们的行为遵循着“自我的信条”或“集体的教义”，不如说他们迷失了回家的方向。因此，对犯罪的惩罚和对罪犯的改造，包括世界范围的反恐斗争，未尝不可以看作是利用法律的手段和强制的力量帮助他们实现道德的复归、灵魂的救赎，找到回家的路，不是吗?!

世事如棋[1]

地球是圆的，但在人们的眼中却是一块被经线和纬线交织分割而成的平面棋盘。大自然和人类犹如棋盘上的棋子，不停地演绎着不为人类意志转移的宇宙进化定律和纷繁多变的文明冲突法则。而警察，则是棋局按照游戏规则进行下去的一种保障。

据说，除了在哥伦比亚当市长外，世界上最不能干的职业就是在车臣首府格罗兹尼当警察。的确，哥伦比亚的市长屡遭反政府武装绑架世人皆知，而格罗兹尼警察则人人挨黑枪，因为一到晚上，车臣分裂分子就会出动，袭击那些亲莫斯科的当地政府机构和工作人员，而警察则是重要目标。“我们都是他们的靶子。”车臣内务部副部长萨拉莫夫说。仅仅在过去的两年中，就有大约二百四十名警察被杀。由于警察工作充满危险性，人们戏称他们为“敢死队”。

但是，即便如此，很多年轻人依然选择当警察。撇开谋生问题不谈，对和平的渴望，使得所有把冒险当作生活本身的车臣警

---

① 原载于2003年第2期《警方》杂志。

察甘愿面对躲在暗处的“黑枪”。正如青年警官拉姆赞所说：“既然生活在这里，你就得习惯这儿的一切。这里需要警察，总得有人干这一行。”应当说，车臣警察无疑是最勇敢、最可尊敬的，在圣诞节和新年来临之际，透过格罗兹尼政府大楼废墟上空的硝烟，全世界的人们都能从他们充满忧思的目光中看到坚毅而刚强的内心。

与车臣警察相比，中国的警察可以说是“幸运的”——同一块“棋盘”上，他们守护的是一方总体上安定祥和的国土，虽然也会有牺牲，但还不至于时时处处都要提防“黑枪”。相反，他们有精力、有时间去提高自身的专业素质和执法水平，以适应未来社会发展的需要：北京、浙江警方投入大量的人力、财力拓展科技强警之路；上海警方与国际知识产权保护协会签订计划书，对每一名民警进行相关国际法规的系统培训，以适应中国加入WTO以后的法律环境的变化；广州的“警察文化节”让老百姓与“警”同乐；安徽的一名刑警还“抽空”到亚运会上弄了块射击金牌回来；而在江淮两河横贯东西的江苏，这里的警察们正在把1993年就开始构建的社会治安模式推向新的制高点，计划用两至三年的时间构筑“点线面互动，巡卡查并举，打防控一体”的全时空、多层次的“棋盘式”社会治安防控体系，创建统一高效的实战指挥系统、灵敏科学的情报预警系统、快速反应的巡逻堵控系统，全力打造沿江沿海最安全的投资环境……可以说，中国警方正在以一种符合国情的方式为新一轮警务革命进行物质准备和理论探索。

2003年新年钟声敲响之际，美国的警察是在高度戒备中度过的，英国的、德国的、法国的、俄罗斯的、菲律宾的、印尼的……都是如此，因为在经历了巴厘岛恐怖袭击、三宝颜大爆炸、俄罗斯人质事件、格罗兹尼政府大楼被炸之后，人们再也不想在节日里承受血光之灾了。有学者说，美国在反恐战争中向阿富汗投下一颗炸弹，其结果是把聚集在那里的恐怖分子炸散到世界各个角落，就像捅掉一个马蜂窝，却让马蜂到处乱飞。棋盘上本来平安无事的地方，也因此而险象环生。从美国本土开始，亚洲、欧洲、非洲……除了南、北两极，地球上再也找不到一块以“洲”为单位计的和平土地了。

所以，在这样的背景下，美国人一心“倒萨”。除了英国人在旁边起劲吆喝以外，其他国家应者寥寥，但美国人带头“反恐”，却得到了普遍的响应。可见，与全人类共同的意志和诉求相比，出于一种意识形态的制度选择方面的冲突并非国际问题的关键，在全球这个大棋盘上构筑起“反恐”的“棋盘式”防控体系，才是关乎世界和平的“急招”。世事如棋，应该具备一种“棋盘视野”——放眼全局，把握胜机。

万星在轨[①]

语言是时代的缩影，以抽象且准确的方式映射出社会的进步或堕落。2002年年底出版的《新华新词语词典》将诸如“包二奶”、“泡妞”等词语收入其中。站在史书上回眸千年，就会发现此举并非首创，东汉已有人将讽刺汉武帝刘彻好色的“金屋藏娇”一词写入典籍。敢于正视当权者和某些阶层的无耻行径，并且记录下来告诫后人，这说明追求秩序、伸张正义永远是人类社会的主流精神。

追求秩序和伸张正义的现实依据则是不断创制新法律和修改旧法律。古罗马人在青铜柱上刻下他们对法律的深刻思考：“人间拥有法律，就像万星拥有轨道，按和谐的秩序亘古运转。”法律的理性精神正像夜空的星光，引导人们走过黑暗和困惑。

全国人大常委会正在审议的《〈公民身份证法〉草案》提出，将“居民身份证”改称“公民身份证”。一字之差，浓缩了公民权利在法治中不断成长的珍贵信息。随后，有更多的新法律来昭

① 原载于2003年第3期《警方》杂志。

示公民权利的蓬勃生长姿态。今年1月1日，中国第一部预防职务犯罪的省级地方法规——《安徽省预防职务犯罪条例》正式施行，明确规定“新闻媒体对国家工作人员履行职务的行为进行舆论监督”。同日，中国第一部规范政府信息公开行为的政府规章——《广州市政府信息公开规定》正式实施。这个规定的理论依据是公民的知情权。两部法规秉承一个共同的理念：通过公民权利来制约政府权力，打造依法行政的阳光政府。

但是，立法易，执法难。

卡洛斯·卡多索是莫桑比克著名的新闻记者，也是第一批对莫桑比克日益猖獗的腐败发出警告的记者之一。两年前，正义的卡洛斯倒在了暗杀者的枪口之下。两年后，落入法网的六名被告指证，是莫桑比克总统希萨诺的儿子尼姆皮恩主谋，以五万美元的酬金让他们杀害卡洛斯的。今年年初，这一起被莫桑比克人称为“世纪审判”的案件拉开了公审的帷幕，整个国家都在翘首等待着审判结果。民众的注意力集中在一个焦点上——此案能够不受总统的干扰而独立审理吗？已有太多的卡洛斯们用生命和鲜血来证明司法独立的艰难，法律的独立性和权威性时时受到来自各方面的挑战。为了保证司法和执法公正，需要严格的监督程序和制度，更需要优秀的执法者来把飘浮在文字里的法治精神转化为公民的具体权利。

然而，做一名优秀的执法者并不容易——比如法官，这一距离“法律良心”最近的群体。2003年1月16日，北京市人大代表、中国蓝星（集团）总工程师刘宪秋当面质询该市高级人民法院负责人：为什么我的建议拖了八个月才回复？你们违法了知不知道？执行庭庭长承认：“我们知道了，以后一定改正，不再违反法律……”

还比如警察，是法治社会中最庞大的执法群体，一举一动都不可以玷污执法者的形象。不久前，英国伯明翰的一个警察局局长对下属巡警提出了就餐的要求："不能玩牌，不能吸烟，不能加塞儿，要付钱，要坐在人们看得见的地方。"好的公众形象只是做优秀执法者的一个方面，更重要的是在执法时，不应该让执法对象仅仅感觉到法律的铁面无私和不近人情。现在杭州交警在执法时，如果碰上一辆挂着彩带的婚车违章，就不会强行拦车处罚而使结婚新人败兴，而是先予以放行，事后再作处理。享受同等待遇的还有运载鲜活物品、载有急救病人和临产孕妇的车辆，等等。

执法者在细微变化中流露出温情和暖意，使执法对象的人格受到尊重，而执法的严肃性不会受到丝毫影响。现代法治社会强调平等和人权，执法者手中的权力并非上苍或皇帝赐予的，而是公民授予的。在执法时多些人性化色彩，就像在各自轨道上运行的星球发出光芒，昭示着自身的存在，同时也给他人带来光明以及闪烁的希望。

凡人英雄[1]

“你我皆凡人，生在人世间，终日奔波苦，一刻不得闲……”李宗胜的歌词准确地描摹了芸芸众生的生存状态。但世事纷繁，天造地设，凡人中也不乏英雄；光阴如水，披沙砾金，勇者的名字便永久地镶嵌在人类头顶的星空和记忆的河流。那是一盏盏精神之灯、一座座道德丰碑，引导人们一路前行。

早在 1999 年的时候，美国亚利桑那州大学的一位心理学教授就发布了一项“研究成果”。他用实验证明，人身上存在着一种“自私基因”，而那些舍己为人、舍身报国的英雄及英雄行为的存在，则是源于基因突变。因此，生活中的英雄“非常难找”而且他们的出现“非常偶然”。

不过，这位教授的研究和结论很快就在现实面前受到了挑战和否定，那就是当年的一桩案件：

“1999 年 12 月 5 日凌晨一点二十二分，下班后的拉斯维加斯警官丹尼斯·德维特正在酒吧里和朋友聚会。突然，三名持枪男

① 原载于 2003 年第 4 期《警方》杂志。

子闯了进来，对准人群射击，现场顿时乱作一团。四十一岁的德维特不愧是有过二十年军龄的老兵，他立刻拔枪朝天射击，吸引了匪徒的注意——先保证无辜群众迅速撤离，再伺机灭敌。不料，德维特手枪的射程太短，无法进行有效还击。于是，他平举手枪，迎弹而上。一颗子弹打废了他的左手，两颗子弹飞进了他的大腿骨……德维特的脚步没有停，在给了其中一名匪徒以致命一击后，另两名匪徒被身中八弹仍屹立不倒的他吓得仓皇出逃。在被送往医院的途中，自以为命不久长的德维特喃喃道：‘告诉我的妻子，我永远爱她。我已经尽了自己最大的努力，我希望我没有射伤无辜。’”

在这则普普通通的新闻报道中，主角是一名普普通通的警官。然而，你能说他不是一个英雄吗？在血肉横飞的枪林弹雨里，谁也找不到他的“自私基因”在哪里。笔者曾经写过一篇文章，比较了中美两国警察的伤亡情况：新中国成立五十多年来，中国警察中有一万多人牺牲、十几万人负伤；在两百多年的历史中，华盛顿国家执法警官纪念墙上雕刻着一万四千多因公牺牲的警察的名字。应当说，不管是 1999 年劫后余生的美国警察德维特，还是 2011 年被山东歹徒袭击身亡的中国徐州警察黄升，他们的经历告诉人们：所有的英雄都是凡人，所有的凡人都可以成为英雄。

时势造英雄！战争年代，造就的是金戈铁马、血沃沙场的英雄。和平年代，虽说“远离了鼓角争鸣，暗淡了刀光剑影”，但犯罪与正义的黑白之搏，依然透着电闪长空、穿云裂帛般的惊心动魄。肩负着阻隔善恶职责的警察所从事的职业，自然也就成了一个高风险的职业，勇者云集的警队便英雄辈出。豪气撼动天地，鲜血书写英名——世界各国莫不如此。

也许，对于“英雄”一词的阐释，人们总是习惯于把它放置在一个狂飙突进的宏大时代背景下，一旦失去了这个参照，便容易生发一种“英雄匮乏”的忧虑和感喟。其实大可不必。即使没有战争，在贫穷、饥饿、疾病和犯罪等人类社会的顽症面前，也会有人从中挺身而出，以自己的一言一行影响社会，超越自我。他们的头顶没有神圣的光环，他们淹没在人海中毫不起眼，但他们的的确确就是一个个“凡人英雄”！

非常时刻[①]

人类总会在危难时刻显示出坚强的本色。

人性的光辉总会在紧要关头发散出绚丽的光芒。

这些天来，经常在办公室听到同事们打电话给爸爸妈妈还有丈母娘，殷殷交代老人少去超市、多看电视、尽量取消旅游、增加营养。在这紧张空气日甚一日的非常时刻，中国人一向藏掖不露的温情终于在这场与非典型性肺炎这一看不见的对手的搏杀中公开见光了。

让我们把手洗干净，然后握得更紧；在密封的口罩后面，让我看到你微笑的眼睛。第一次，我们感觉到与自己的亲人同命运；第一次，我们感觉到与置身的城市共进退。“非典”让长城内外、大江南北乃至整个“地球村”的公民把视线凝聚在一起，焕发出同仇敌忾的力量和勇气。

确实应该向坚守在一线的医护人员和医学科研人员致敬！还记得叶欣吗？还记得邓练贤吗？两位在抗击“非典”中殉职的

① 原载于2003年第6期《警方》杂志。

“白衣战士”：一位是广东省中医院的护士长；一位是广东中山医院传染科的主任医生。为了同胞的安危，叶欣说：“这里危险，让我来！”短短的七个字，看似平淡，其实沉重、悲壮！还有广州呼吸疾病研究所所长钟南山院士，他以不惧艰险、敢于承担的胆识，矢志为治疗“非典”闯出一条生路来：“这个工作，我们必须承担，就像是一个扫雷班，现在要解决扫雷问题，你扫雷班不干，谁去干?”朴实无华的语言，却包含着滚烫的良心和非凡的勇气。

由于突发公共卫生事件，应急反应机制不完善，一些地区在疫情开始之初的应对措施不太得力、不太得法，再加上科学的预防知识不够普及，引起了公众的一些恐慌，这种情形是可以理解的。不过，我们也看到，现在全国正在调动一切社会资源狙击“非典”的蔓延扩散，科学家正在夜以继日地寻找病毒“元凶”，以控制和消灭“非典”。所以，面对生活挫折和人生危险，我们需要看到自己清晰的影子，作出正确的判断。要相信自己、相信科学，更要相信人类的毅力。

几天前，在北京，人们为一个外婆患 SARS 去世、妈妈因感染而被隔离的小女孩儿举行了一场音乐会。音乐会上，一个与她同岁的男孩儿通过电话用小提琴演奏了一首《平安夜》。还有南京第一位被隔离的民警孙宝文，在面对“非典”疑似病人的时候，他没有退缩自保，而是果决地挺身而出，和医生一起劝阻对方作进一步的检查治疗。可见，即使是在危难的时刻，也压服不了人间温情的流露和勇气的勃发。“只要心中还有梦，就不怕风雨不怕疼”，人生中难得一帆风顺的河道，文明史更少大路通天的坦途，各种各样的“非常时刻”总是不断地向人类发起新的挑战和考验。但是，“漠北天行风，江南地布雨”，上海世纪公园的桃花开得正艳，南京东郊山野的绿草依旧如茵，大自然正在用自己的方式默默演绎生命的规律，启发我们的心智和思维——世上真的没有过不去的坎，走着瞧好了！

在这里，让我们一起记住一段网上温暖的留言：即使我们不得不一天洗三十二遍手，也不能就从此恐惧了亲吻和拥抱；即使我们不得不戴上十八层口罩，也不应该从此遗忘了坚强和微笑！

人权启蒙[①]

这是广州《信息时报》上的消息——

一名在广州火车站一带执勤的民警说，自从“孙志刚事件”发生后，不法分子对警察的态度有所改变，只要警察一靠近，他们就躺在地上装死或者大喊“警察打人”，有的还对警察进行威胁甚至侮辱。另据报道，最近一段时间，广州的治安形势骤然变得严峻起来。武警广州市支队副支队长何志华介绍说，近期，每天发生在夜间的“两抢”案件上升至近八十宗，是前段时间的两倍。记者暗访时，蟊贼竟然发出狂言：“我们现在不怕警察了！”

但与此同时，无数广州市民写信、打电话到媒体或在大洋网上留言：“人民警察，我们支持你！”正如一位市民所说：“最近的孙志刚事件中，极少数人的行为应该受到谴责。老百姓心里都明白，林子大了，什么鸟都有。庞大的警察队伍，出现个别失职人员甚至害群之马确实令人痛心，但不能因此而抹杀警察作出的种种奉献。因为个别事件而大肆否定警察的业绩，无异于自毁

① 原载于2003年第8期《警方》杂志。

长城。”

“孙志刚事件”无疑对广东乃至全国的公安民警形象造成了极大的损伤，但民意在非常时期的理性反弹也使得备受压抑的警方获得了一些安慰。毕竟，“群众的眼睛是雪亮的”，他们看到也知道，自新中国成立以来，广东省已有七百三十名公安民警以身殉职。同时，警察也是工作最辛苦的人群之一。据统计，仅2001年上半年，广州市公安局每位民警平均加班五百多个小时，按照八小时工作制，相当于每人多工作了两个月，以至于去年广东省公安厅提出要强制民警休假，可见其工作强度之大。当人们在电视上看到又有警察累倒在岗位上时，不由得感叹：“警察这份工作真不是好做的！”

人民的胸怀是宽阔的。正因如此，作为执法者的警察才更应该倍加珍惜百姓的信任、社会的宽容，倍加注重自身的形象、自己的行为，倍加增强尊重人权、维护群众利益的意识。不夸张地说，孙志刚之死并非偶然。从违法的执法到人性的缺失，这是一根前因后果、牵发动身的链条，而这根链条的中心环节就是：执法者不知道维护人权的重要，不懂得善待百姓的含义。

人的生命是最宝贵的，公民的人身自由是最不应该受到侵害的。为强调其神圣不可侵犯，诸如此类的权利还被写进了国家根本大法——宪法。然而在导致孙志刚死亡的每个环节上，在最需要尊重人权和宪法的时候，总会有一个听起来堂而皇之的理由取而代之：需要“维护城市社会秩序”。归根到底，有些人在权衡利弊得失的时候，总是个人的利益、局部的利益、小团体的利益最大，给他们讲宪法，讲人权，他们总有一个理由在等着你。

“孙志刚事件”是一个契机，如果他的死能够唤醒人们的人权意识，进而推动有关制度的变革，则善莫大焉。尤可欣慰的是，6月20日，国务院公布施行《城市生活无着的流浪乞讨人员救助管理办法》，“救助”二字取代了“收容遣送”，施行了二十一年之久的收容遣送办法寿终正寝。与之同时废止的还有对行政权力的严重滥用、对法律工具的功利行使，以及对生命权利的极度不尊重。从“遣送”到“救助”，这一变化让全社会都看见了法律柔化的表情，倾听到了法律人性的呼吸。

但愿“孙志刚事件”所反映出的民意和呼声以及此后的一系列立法实践在警醒执法者的同时，也能成为尊重人权思想的一次新的启蒙。

在派出所当民警

2011年4月，根据江苏省公安厅党委的部署，厅机关干部分别统一下基层锻炼。作为其中的一员，我被分配到了南京市公安局下关分局二板桥派出所。

在此后的一段时间里，我与所在的第四警组的民警一起，参与接处警、街面巡逻、设卡守候、值班值勤、走访社区群众、接待群众咨询求助等警务工作。对于没有基层工作经验的我来说，每天的生活都是新的。这种“新”，既是工作内容之“新”，又是工作方式之“新”，它让我对基层民警的工作、学习和生活开始有了近距离甚至零距离的了解和认识，切身体会到了他们的酸甜苦辣、喜怒哀乐。

一、上班第一天

2011年4月21日　星期四

今天是我从省厅到南京市局下关分局二板桥派出所学习、锻炼的第一天。

八点三十五分至九点零五分，全所民警交班会结束之后，我所在的第四警组便开始着手自己的工作了。警长丁杰让我先熟悉一下情况，我便向民警丁新勇要了一份正在办理的案件卷宗看了起来。这是一个重伤害案件。我从询问笔录、讯问笔录、提请拘留意见书，一直翻看到提请逮捕意见书、证人证言、法医鉴定报告。

案件事实很清楚，就是几个来宁打工的安徽人在一起喝酒，酒喝高了舌头就大，几句话不投机，动手就失去了分寸。随身携带的瓦刀本来是砌墙用的，结果却成了伤人的凶器。可是，办案的民警为了把案件办理得符合法定程序，避免留下诉讼纠纷，尽管材料的内容大致相同，但在每一次变更刑事处罚意见的时候，都不得不在案发现场、证人居住地、看守所或者派出所多次制作询问或者讯问笔录。我大致算了一下，应该有十几份。丁新勇解释说，虽然工作量很大，但从法律程序的角度来说，这是必须的。想要偷工减料，检察院那一关就过不去，更何况还有可能证据固定不全，返起工来更加麻烦。

我想，这大概就是所谓的“程序正义”与“实体正义”的关系吧。

案卷刚看了一半，民警刘三福就进来了。他向丁杰警长汇报了一起打架纠纷案：4 月 19 日中午，辖区内的一个姓谢的人与一名江西来宁做纸品生意的卢某因打麻将发生纠纷，谢某用茶杯将卢某的左脸颊打伤，送到医院后缝了二十多针。卢某当时只顾疗伤，直到晚上五点多钟才由其租住的房子的主人报案。

本来卢某是想与谢某私了的，但因为谢某垫付的医疗费已经用完，便在今天上午让其亲属找到当时接警的刘三福，要求派出所出面解决此事。丁警长考虑之后，决定还是先到医院做个询问笔录再说。于是，他便带上我和刘三福赶到了“南医大二附院”。

丁警长虽说很年轻，但办起案子来却显出与年龄不相称的老道。一进病房，他先让刘三福去找主治医生，把医疗记录、病例、诊断证明等材料收齐，然后就在病床边做起笔录来。从事件的起因到发展过程，从双方冲突的细节到见证人是谁……一一仔细地询问，甚至包括动手打人时的动作和次数，都要反复核实——法律上的事情的确来不得半点儿随意，打一下可能是无意的本能反应，打两下就构成“故意伤害”了。

等做完笔录赶回所里，已经接近下午一点钟了。幸好刘三福预先打电话让食堂的师傅留些饭菜，不然我们的午饭就只好到外面路边的摊子上解决了。

不能按时吃饭，对我这个机关民警来说似乎是个问题，但对于基层民警来说，已经成为一种习惯了。难怪他们刚刚拿到的年度体检表上，一半以上的民警都或轻或重地存在肠胃方面的问题。

二、我理解了什么叫“维持秩序”

2011年4月25日　星期一

今天一到班上我就发现，我们第四警组的办公室里一个人也没有。问教导员，原来，他们七点五十分就出发到静海寺的天妃宫执行任务去了——同志们照顾我是个锻炼的，没有通知我提前上班。

不知者不为过，既然知道了，就一定要去。在二组的衡警长的帮助下，我搭上了一辆出警的车，赶赴执勤现场。

今天是农历三月二十三，南京人有句话说：三月二十三，祈福到下关。每年的这一天，静海寺天妃宫都要举行规模盛大的妈祖祭拜仪式，吸引众多南京市内甚至外地的群众前来观看。

赶到现场，只见天妃宫前不大的广场上已是人山人海，超过万人。站在外围，我隐约可见所里的民警站在舞台左前方，用塑料绳拉起一圈警戒线，民警和保安挡在围观的群众前面。费了好大的劲，我才挤到里面和他们会合。

但是，很快我就发现自己成了群众的“攻击对象”。为什么呢？

因为舞台上正在进行庄严隆重的祭拜妈祖仪式，演员们打扮成明朝时代的人，以“国姓爷”郑成功为首，率领文武百官对着妈祖塑像宣读祭文、上香、奏乐、行三跪九叩大礼……一整套的礼仪程序，煞是热闹、壮观，夺人眼球。在场的市民群众，包括对妈祖心怀崇敬的信徒们，总想靠得再近一点儿，看得更清楚一点儿，还有人举起手机、照相机，要把舞台上的情景记录下来。

都怀着这样的心思，群众对柔软的警戒绳便不放在眼里：先是有第一个人从绳下钻到圈里，然后就有第二个、第三个……眨眼之间，警戒线就被群众冲破了，任凭民警和保安怎么劝阻，也是无济于事，我们只好后退。

但接下来问题又出现了：由于大家都往前拥，本来能够看到舞台的人被挤到后面，看不到了。于是他们开始向我们抱怨起来，其中一个老太太甚至冲我叫道：“你这个公安，也不阻拦一下别人，自己又站在前面，帽子那么高，还挡着我们……”听她的意思，我这个警察似乎是多余的——来了不管事，还妨碍了她。

我刚想辩解，旁边的老许拉了我一下，给老太太让出一个观看的空当，结果她就不再冲着我们喊了。老许说：“你不要和她争辩，辩不清楚！要是再争吵起来，秩序反而更乱。让她说两句，发泄一下就没事了。”

我突然明白为什么警戒线被冲破之后，我们只能后退，而不是强行恢复了。因为那样的话，势必要一个一个地往外赶，赶了这个就赶不了那个，被赶的人总会说“为什么只赶我而不赶别人”。有限的警力不能和众多的群众构成对抗，即使警戒线被冲破了，只要总体秩序不乱，不影响舞台上仪式的进行，就不要强行控制。面对群众的指责——如果只是口头上的抱怨，并无肢体上的行动——我们只要忍让一下，委屈一下，化解对方的怨气，也就风平浪静了。

基层民警经常要在大型公共集会现场执勤，所谓“维持秩序”而不是“控制秩序”，原因大概就在于此。

三、做群众工作是一门艺术

2011 年 5 月 5 日　星期四

今天是我们警组值班。和我同一个办公室的许春全为白天主班，也就是说，遇到所有的警情都首先由他带队出警。

我决定今天什么也不做，就跟着老许接处警。

九点十七分，第一个警情：沿河新村十六号二栋三单元 501 室有人开煤气自杀。我们马上赶了过去。

到了楼下，分局“110”巡逻车也赶到了现场——毕竟是人命关天，不能不重视。我们三个民警、两名保安找到 501 室，敲开了门。开门的是一个年轻的女孩。我们问她是否报了警，她矢口否认。看看室内的情形，除了另一个女子还在睡觉，并无其他不正常，也闻不到煤气的味道。再询问下去，女孩说，她们的隔壁住的是一个男的，现在已经出去了，这处住房是他们合租的。我们调出报警电话，正是那个男的打的，但打过去询问，他也否认自己报了警。

折腾了一刻钟也没有问出个所以然，显然是报的假警。下楼时，老许无奈地说，这样的事经常发生，一些人以戏弄警察为乐。我问：“这事就这么完了？”老许说：“回去跟教导员汇报一下，如果真是他报的假警，就办他。”

回到所里，刚向教导员汇报完，又一个报警电话打来了：姜家园六十三号施工队与店主发生纠纷。我们到了现场，双方还在争吵——施工队需要在店主门前开挖埋设管线的地沟，遭到店主拒绝。店主声称，几天前，他们把门前挖得坑坑洼洼，也不进行防护处理，致使家中老人摔伤，而施工队不闻不问，所以今天再来施工，他们就不让了。

女店主很泼辣，一副得理不让人的样子，根本不容我们插嘴。老许见状，先是肯定她维护合法权益的做法，让她消了一些火气，然后又对施工队的人说：“你们先前施工不按规程，对居民造成了伤害，这才造成今天的局面。所以，现在的问题不是解决居民阻拦施工的问题，而是要先解决前面的伤害问题。你们要是做不了主，就应当向领导汇报，由领导出面和居民商谈、沟通，而不是双方在这里吵架。”就这样，老许安慰完这头，又疏通那头，把双方话语的腔调从高八度降到了正常表述，到最后还用一句玩笑话把女店主给逗笑了。

十一点十分，又一个警情——姜家园十六号一居民家中发生纠纷。我们找到那里，刚爬上七楼就闻到一股刺鼻的酒气，隔着防盗门就能听到一个中年人坐在那里破口大骂，还有一个女人的哭声。

敲开门，只见满地摔碎的碗碟和四散的食品杂物。中年男子满脸涨红，一直叫喊着让女人“滚蛋”。中年妇女见警察来了，连忙把脖子上被打的伤痕露了出来。老许便问他们是什么关系，为什么打起来。女人说，他们不是夫妻，但在一起共同生活快两年了。说着说着，她又哭起来，一边数落着男人的种种不是。

老许先让她去医院看伤，女人偏说自己没钱，要男人先拿钱。老许反复说明："你先看病！既然是他打的，我们一定会让他出钱，但无法让他现在先拿钱。拿多少？谁也说不清。"可是，女人坚持让男人先拿钱，否则就不去医院。

一直僵持了二十分钟，老许好说歹说才终于把她劝下了楼。然后，老许跟那个女人说："我叫你到医院看病，主要是防止我们走后，他再发酒疯打你。如果他把你打个好歹，他自然要负刑事责任。你呢，不是也要承受痛苦吗？你们又不是夫妻，如果他脾气很坏，动不动就借酒发疯、打你，你又何必跟他在一起呢？"一席话说得她连连点头，乖乖地在女儿的陪同下去了医院。我们的警车经过她们身边的时候，她还不忘对我们说"谢谢"。

回所的路上，老许对我说："在基层，这些家长里短、夫妻吵架之类的小纠纷、小摩擦一天要发生几十起。虽然事情不大，但如果处理不好，就会升级成治安事件甚至刑事案件。当民警的，就是要学会磨，学会泡，学会和稀泥，别让他们在气头上争论是非，那样谁也说服不了谁，无济于事。"

从前在厅机关时，写材料、听报告，经常要接触一个名词：群众工作。但什么是群众工作，怎么做群众工作，心里并没有什么确实的概念，今天随警处警，算是见识到了。而且，我觉得，做群众工作要讲方法、讲技巧，它是一门艺术。

（注：就在我利用中午休息时间写下这段文字的时候，老许又出去处理了三起报警。直至下午两点，我们共接处警八起，接待群众来所咨询、求助三起。老许说，今天还算是相对清闲的。）

四、成功地避免一起报复性斗殴事件后的思考

2011年5月30日　星期日

今天轮到我们第四警组值班。

下午五点多钟，姜家园五段小区有人报警，称发生了家庭纠纷。我和民警刘三福带着一名保安赶了过去。

找到地方之后，发现报警人住在六楼。爬上去敲门，没反应。再核实，没错，就是这家。再敲，还是没反应。

这时候，一名中年男子气冲冲地爬上来，嘴唇上带着点儿小伤，一边骂脏话一边上前使劲砸门。随后跟上来两个二十来岁的年轻人，叫骂着，恐吓着。

原来，那个中年人姓万，是个劳改释放人员，和这家的单身女主人有生意上的合作关系，甚至还有点儿“谈朋友”的意思，但女主人的女儿强烈反对。今天，万某到她家来，结果话不投机，做女儿的及其男朋友把他给打了。万某吃了亏，回去叫上儿子万鹏、干儿子马某等人，又找上门来。打人者害怕了，报警后躲在房间里，连我们叫门都不敢开。

过了一会儿，姓万的及其帮手集合在一起，堵在楼下，那个单身女主人也回来了。双方你来我往，脏话连篇，祖宗三代骂了个遍，根本不听我们的劝解，到后来，竟然把矛头对准了我们，逼令我和刘三福“交出打人凶手”，并且讽刺道：“你们连打人的凶手都叫不出来，干什么吃的?!”他们甚至开始用凶狠的目光和挑衅的姿态对付我们。

姓万的一家人已经丧失了理智，唯一的目的就是要把对方痛打一顿，哪怕当着我们的面，也要把吃的亏争回来，根本不计后果。很显然，这是一帮素质低下、法律意识淡薄的痞子——当

然，对方也不是什么善良之辈。

事态很严重！如果我们俩把打人者带下楼，姓万的这帮人肯定会一拥而上，凭我们两个民警和一个保安的力量，绝对无法避免一场性质恶劣的报复性斗殴事件在小区的居民面前上演。我把刘三福拉到一边，让他往所里打电话，请求支援。

几分钟后，两名民警和五名保安开车赶到了。这时候我们才上楼将打人者带了下来。

果然不出所料，当着十名警察和保安以及数十名居民的面，姓万的这帮人竟然冲上来追打对方。幸亏我们人手充足，才将其强行拉开了。尤为可气的是，保安老刘在阻拦万鹏的时候，与其扭抱在一起倒地，万鹏、马某马上高声喊叫："警察打人了！警察打人了！"

不管怎么说，我们终于在避免了一场斗殴事件的前提下，将纠纷双方带回了所里。但是，这件事的整个过程却让我感到很是惊险、紧张，也促使我思考了一些问题：

第一，人的素质——文化素质、法律素质等——决定行为选择的合法性。这起纠纷的双方当事人，有的是劳改释放人员，有的是无业游民，靠开设"麻将档"、充当别人的打手等方式谋生。一事当前，他们不考虑用合法的途径解决问题，而是采取"以牙还牙，以眼还眼"的报复性方式，视执法者如无物，置法律后果于不顾，确实构成了对区域社会治安的潜在危害。即使这一次由于我们的极力阻止，他们侥幸没有触碰构成犯罪的法律界限，也可以肯定，只要他们不注意克制和改变——实际上很难改变，正所谓"禀性难移"——就迟早会走向违法犯罪。

第二，基层警察的工作难度大、风险高，急需来自内部的有力保护和来自社会的理解。这次处警，使我对基层民警具体执法过程的复杂性和风险性有了切身的体会和认识。面对社会上一些素质相对低下的群体，民警在执法过程中随时可能遭受言语伤害和人身攻击，一个环节处置不当，就可能引发更恶劣的后果。特别是一旦发生身体接触，那些别有用心的当事人就会随口喊出“警察打人了”这样的话语，混淆视听，把脏水泼到民警身上。这种对警察反咬一口的现象，如果不是身临其境、亲眼所见，我简直不敢相信。

第三，如何保护基层民警的执法权益和执法权威。当前，民警的执法权益屡受不法侵害，至于动辄就污蔑民警打人、滥用投诉权利的，更是屡见不鲜。可见，民警执法要面临多么大的风险！我想，对警察执法行为负有监督之责的警务督察部门，实在需要经常深入执法现场，看清楚少数别有用心者这种卑鄙的心态和伎俩。只有这样，才能切身体谅、理解基层民警的执法之难、执法之险，才能在保护民警的执法权益和执法权威方面卸除心理负担，避免基层民警既在执法过程中忍气吞声，又在内部监督面前遭受委屈，有苦难言。

五、下关保安“徐大”

2011年6月6日　端午节

到底是过节了，街面上清净了许多，警情也明显减少了。我坐在办事大厅的值班台前和保安随便闲聊，说着说着就扯到了“徐大”。

“徐大”真名叫徐铭生，是二板桥派出所的保安中队中队长。也许是因为他不仅在所里，而且在整个下关区分局都很有名气，所以人们习惯地称呼他“徐大”。

徐铭生今年五十三岁，干保安已经三十多年了。按照平均一年抓获一百名违法犯罪嫌疑人计算，经他手抓获的不下三千人，而且，有的抓捕行动相当惊险——

早在二十世纪八十年代初期，徐铭生还是个刚干保安不久的青年人，一身的力气，一腔的热情，胆子也大。有一次，市公安局通报说，一名部队退伍士兵偷窃了枪支潜入南京，要求各单位加强街面巡逻，注意发现嫌疑人。结果，这个嫌疑人就被徐铭生和另一名民警发现了。他们跟踪了一段路程后，决定抓捕。徐铭生冲上去时，并不知道枪就在此人身上。等到他把对方扑倒在地时，枪掉了下来。对方拼命挣扎着要去拿枪，幸亏民警赶到，把枪抢在手中，才避免了严重后果。后来，参与抓捕的民警和徐铭生都得到了市公安局领导的表彰。在授奖大会上，局长亲自把八十块钱奖金颁发给了徐铭生。后来，局长还说，这样的保安应该吸收到公安队伍中来。但是，徐铭生当时的工作关系挂靠在下关区的一个国有企业，单位效益还不错，他觉得不管是当保安还是当警察都是抓坏人，就没有把加入警察队伍当回事。因此，他也就错过了成为正式民警的机会。

就这样年复一年，徐铭生的保安生涯一直延续着。因为工作积极、成绩突出，他多次获得市级、区级的“优秀保安”称号。二十世纪九十年代，市公安局临时组建便衣行动队，从各区抽调民警，他作为下关区的代表参加了行动队——虽然他只是一名保安。

因为家住下关，徐铭生对当地的“人头”和环境相当熟悉，特别是对辖区内的重点“人头”掌握得相当详细：谁有偷盗的前科；谁喜欢在什么地方作案、都有哪些朋友，他比管段民警都清楚。去年有一天，几名妇女到所里报案，说她们的电动自行车电池被盗。在民警做笔录的时候，徐铭生就带人出去了——他判断可能是辖区内的一个惯偷作的案。果不其然，这边笔录刚做好，那边徐铭生就把被盗的电池找回来了。几个报案的群众直呼“神了”！

三十多年的保安工作，让徐铭生练就了一套过硬的巡逻、蹲守和抓捕等实战技能，二板桥派出所的各警组民警遇到抓捕任务，都喜欢和徐铭生一起行动。有时候，他甚至担任起了现场抓捕的指挥者。今年年初，徐铭生和几名民警到浦口农村抓捕一名“三逃人员”。在他的指挥下，民警在嫌疑人家的二楼将其抓获并带走，在一楼玩耍的其他村民和家属竟然毫无察觉。

在二板桥锻炼的这两个月期间，我亲眼目睹了徐铭生带领全所的保安队员，和民警们一起出警执勤、接待群众、巡逻守卡、看押嫌疑人员……虽然他们的待遇并不优厚，但他们对待工作却不辞辛苦、高度负责、全心投入，是民警的好帮手。

向徐铭生和全所的保安们致敬！

第二部分　世象走笔

秦淮河冲洗出一个怎样的南京[①]

一个城市的基本特征或特色，大抵可以通过那里的自然或人文景观反映出来，正如说到北京，人们就会联想到故宫、长城、颐和园；说到上海，人们就会联想到黄浦江、东方明珠、外滩；说到西安，人们就会联想到秦始皇、兵马俑、大雁塔和华清池；而说到南京，人们很自然地就会想到长江大桥、玄武湖、中山陵，想到夫子庙、金陵饭店、鸡鸣寺，等等。

但是，比起众多人工的建筑和工程，其实对南京和南京人影响最大的并不是这些，而是一条河，一条既没有长江波澜壮阔又不比长江源远流长的秦淮河。

传说秦淮河的最终形成也借助了一些人为的外力，那就是秦始皇为了“泄去金陵的王气”而在近城的地方开挖了一段河道，从而造就了今天江河互贯的地理格局。总之，这条发源于南京近郊江宁方山的河流，仿佛被城市的人气所吸引，弯弯转转迤逦而

① 原载于1999年第2期《雨花》杂志，曾获首届世界名城会（南京）征文优秀作品奖。

行，走进了六朝古都，又悄无声息地从它的腋下钻进了长江的怀抱。

长不足百里，宽不过数丈。说它对南京和南京人的影响最大，理由有三：其一，因为先有河而后有人，在为了解决交通问题而形成聚居的古代社会，它的两岸生活着南京的原住民，沉淀了南京人的那些最基本的行为习惯和性格特征；其二，历经千百年文明的演化，诸多以秦淮河为地域标志而发生的政治、经济、军事和文化现象，已经构成了南京城的血肉骨骼和历史表情并与其他城市迥然而别，从而塑造了南京人的气质禀性；其三，随着秦淮河的交通、航运等经济功能的退化，对它的处置——从污染到治理，再到提出建设“秦淮风光带”、打造南京城市的一个标志，秦淮河成了一个广泛的市民话题，深刻地反映了南京人思想观念的变迁。

流到金陵城南的秦淮河，手挽旧城墙敦厚的臂膀，脚踏中华门谯楼的更声鼓点，迤逦而行。流过堂前燕飞的乌衣巷口，流出了王谢的清朗灵智；流过“天下文枢”的高高牌楼，流出了画舫花船一片曼妙缠绵的竹管洞箫；流过鸡鸣寺旁一座清冷卑微的书斋，流出了灯火阑珊处一帘幽怨的红楼春梦；流过碧波万顷的玄武碧湖，流出了千古兴亡多少事的诗家长叹……秦淮河，湮灭了多少英雄佳人的恩怨，洗刷了多少血火干戈的喧嚣，记载了多少礼义廉耻的传说，又吟诵了多少风花雪月的歌谣。

在号称“十里秦淮”的淮清桥和武定桥之间的夫子庙地区，曾经是南京城最繁华的所在。这里店铺林立、商号密布，南京众多有名的百年老店基本上都集中于此。永和园、状元楼、魁光阁、老正兴、六凤居均伫立岸边，至今仍在。

但这些还不是秦淮河的魅力所在。从某种角度上看，秦淮河——夫子庙地区，与其说是一个地理概念，毋宁说是一个文化概念更为贴切。这里有先师的牌位，有士子的学堂。大成殿里香烟缭绕，贡院墙内书声琅琅。白首穷经，黄卷青灯，这里是文采风流之所在，这里是诗赋辞章之所出。每一位经受这个文化洗礼的人，似乎都会比常人多一分忧国忧民的悲悯，多一分对世态人情的感怀，即便是这里的妓女也非同寻常。试想，历朝历代，衮衮诸公，“秦淮八艳”的文学素养和政治见识有几个堪比？香君如是的凛然人格和超拔气节，又有几人能敌?!

话又说到当代。

大约从上个世纪九十年代起，南京人便致力于恢复秦淮风貌，重现昔日辉煌。河道两旁，一律的仿古建筑，青砖白墙，飞檐吊角，错落有致，连大红灯笼也挂将起来。一到晚间，彩灯闪烁，流光四溢，恍若当年金陵旧梦重来。

只是一到白天，就不免风景大煞：且不说一沟黑水、污苔充斥，也不说大成殿里挤满游戏机、赌博机、算命机，更不说假红木、假玉石摆满殿堂，连费新我先生题额的“明德堂”——一个本应清净安闲之地，也曾经纷乱不堪，充当一处录像放映厅了。特别是殿前广场那座“天下文枢”的高高牌楼下，几年前，那里是南京城唯一一处室外大排档，两根漆红的廊柱上，烟熏火燎、油渍斑斑，直到前年才被撤除。而在河对岸的夫子庙照壁前，还曾有精明的广告商用铁丝和彩灯装饰出一条渡海的帆船，做成一种香烟的广告，俗不可耐……

永和园的风味小吃被麦当劳逼到了二楼的一隅；魁光阁的茶点早已失去了闲适的韵味；六凤居里辟出了歌舞厅的卡拉 OK 包房；状元楼甚至发展成了一处地下赌场……传统在这里被现代挤得踉踉跄跄，一向雍容雅致、开阖有度的秦淮文化在商品经济的大潮中，显出从未有过的窘迫和慌乱……

好在几年前在南京举办了一次全国运动会，借着这个机会，政府投入了几十亿的资金对城内的河道疏浚清淤、截污引流、整修堤坡、绿化两岸，这才让秦淮河至少在运动会期间没有散发出逼人的恶臭，使人愿意靠近一些。虽然那些排污口还会在夜间定时开闸，但毕竟有了节制，河水也终于有了一点儿喘息的时间，可谓万幸了！

早在十年前，南京的一些学者就多次举行非正式的文化聚谈，讨论南京为什么没有“苏锡常”（即苏州、无锡、常州）改革力度大、发展快。

从文化的角度，我认为，南京人受秦淮文化的影响太深，而这种文化是由精英文化、市民文化、科举文化、商业文化、娱乐文化等诸多文化主体构成的庞杂的复合体，从姿态上看是保守的、消极的、安逸的；从本质上讲是享乐的、消费的甚至是颓废的。南京要想有大发展、大飞跃，必须冲破这种文化氛围，对其进行大力改造，要在文化上完成两个“引水工程”，要引黄浦江的水和古淮河的水到秦淮河，前者注入海派的经济和市场意识，后者导来北方的血气与精神张力。

的确，在以上海为龙头的长江三角洲城市群中，南京所处的地位其实是不尴不尬的。按理说，作为江苏的省会，南京理应对全省——不论是苏南还是苏北，都有一定的示范和辐射性影响，但实际上，苏南（尤其是“苏锡常地区”）已经呈现出非常明显的“去南京”甚至“去江苏”化倾向，在经济和社会发展的各个方面，无不以上海作为“风向标”。而在苏北，南通也已把目光瞄准了上海，徐州和连云港分别立足于“淮海经济中心”和“欧亚大陆桥头堡”的方位和定位，扬州、镇江、泰州等苏中地区的城市也无不按照自己的方向“走自己的路”。可以说，作为省会，南京的作用越来越局限在政治协调的层面上。在观念变革、机制创新、经济和智力支持等方面，南京为其他地区和城市所提供的示范与引导并不符合省会中心城市的地位。

原因何在？可能就在于秦淮文化濡染下的南京人既缺乏像深圳等南方新兴城市的那种开拓冒险的“人生热情”，又缺乏温州等东南部商业城市的那种精明创新的“经济头脑”。就拿与之最具可比性的杭州来说吧，南京有长江、秦淮河、玄武湖，杭州有大运河、钱塘江、西湖，地理环境、城市规模、社会发展曾经十分接近，但最近二十年来却呈现出了不同的势头。同是文化名城，对文化传统的尊重、对文化品牌的运用、对文化资源的保护和利用，南京不如杭州；同是前朝故都，对历史的关怀、对历史积淀的注视、对历史资源的反思与接续，南京仍然不如杭州。同样是一个以自己为中心的城市群，杭州与宁波、嘉兴、绍兴等中小城市比肩并起，而南京呢，不要说有什么“小兄弟”，连它传统区域版图内的高淳、溧水和六合都没怎么带动起来，更不要说对扬州、镇江、仪征等城市构成什么影响了。

简言之，在秦淮文化的影响下，有“大萝卜”之称的南京人太容易满足了。早在计划经济时代，它就被人称为“中国最适宜居住的城市”，可见，要想叫南京人去创、去拼、去白手起家、去置于死地而后生，的确是件很困难的事情。

别的例子不说，仍以文化界而言，在江苏作家行列中，苏童、叶兆言、黄蓓佳、储福金等人，均是在南京成名的，而且时间也比较早。但是，多少年过去了，他们中很少有人对自己的作品进行商业化的包装和市场化的经营，喜欢沉醉在个人的文学天地里。这种甘于寂寞的姿态固然坚守了作家的独立与自由思考的精神，但也反映出一种对外封闭的文化心理。

有什么样的文化就有什么样的人，就像一条秦淮河，在乡村徜徉一段，又在都市里留下几多迷失的断头，虽说最终在城西一隅找到了一个融入长江的出口，但也早已筋疲力尽。面前的江水依然浑浊不堪，离碧蓝的大海还有迢迢远路要走呢！

秦淮河，南京的一个文化符号。几百年来，她在商业社会的脂粉里流淌，在娱乐文化的残渣中漂浮。她躲过了工业机器的绞轮之后，终于在新的世纪里重又获得复苏式的确认。也许，历尽劫波的她，再也不想承载什么伟岸宏大的使命，能够保守这一份素面朝天的风致，已经是她无声的终极诉求了。

阿弥陀佛！

南方与北方[①]

南北差异

五千年历史，九万里江山——这就是源远流长的东方中华文明。

在长期发展进化的历程中，中华文明的区域差别逐渐凸显，东部和西部的不同直接反映出生产力水平的高低，而南方和北方的互动性影响，不仅是生产力水平冲突的结果，而且是在冲突中累积着中华文明形态的那些最基本的特征。

如果说东西部的差别更多地外现于经济发展指数的话，那么，南北方的差别显然更富于人类文化和社会学的深刻内涵。七十多年前，林语堂先生在写作《吾土吾民》时，把《北方和南方》作为该书的第一章第一节第一题。应当说，林先生是社会学

① 原载于2002年第1期《时代潮》杂志。

者中较早意识到中国的南北差异对人类活动乃至区域文化（文明）具有多大影响的人——所谓一方水土养一方人，他让我们看到了这种差异是怎样影响国民习性乃至文化特征的。

根据林语堂先生的观察，我们注意到了中国南方和北方的一些显著差别：

——南方温和柔婉，北方粗犷豪放；南方是现代的、城市的，北方是传统的、乡村的。

——南方人习惯安逸，勤于修养，老于世故，头脑发达，身体退化；北方人身材高大，性格热情幽默，他们是自然之子，充满了种族活力。

——南方人基本上是商人，而北方人基本上是征服者。历朝历代，总是吃面条的北方人登上龙位，吃大米的南方人担当辅佐。

——每一个朝代经历一段和平之后，都会有战乱使南方和北方形成分裂对峙，首都从北向南迁徙。从战国到秦统一，从蒙古灭宋到清朝灭明，大抵如此。

冲突与整合

不仅整体中华版图上存在这种南北差异，而且从局部地区看也大致如此：苏北落后于苏南、皖北落后于皖南、陕北落后于陕南、晋北落后于晋南，同样的现象也存在于两广、两湖以及四川、江西和东三省等地区，即便是西藏，较为发达的地区也在藏南。

原因是，以农业为生长点和立足点的文明都离不开两大要素——丰沛的水利资源和肥沃的土地资源。在这一点上，南方总体上优于北方。苏南、皖南有长江及长江冲积平原；陕南、晋南有黄河及黄河冲积平原；两广的南部是珠江水系的辐射范围；而西藏南部则是号称“万水之源”的藏南谷地。

既得水又得土，水土均丰，才会有太阳下农业文明茁壮的庄稼——何况，南方的日照时间也比北方长。

自然选择造就了南方和北方不同的生活条件和生存方式：南方是肉，北方是骨；南方利于滋养，北方利于锤炼；南方利于生长，北方利于免疫。于是，在文明主体的流动中，“向南”就成了最普遍的选择。按照汉语的习惯表达，“向南”称“南下”、“南征”，“向北”则称“北上”、“北战”。单从“下”与“上”、“征”与“战”的字面理解，也可以看出一种顺逆之分、难易之别——要不怎么只听到历代皇帝多少次南游南巡，就没听说哪位天子北游、北巡呢？

回望历史，南北方之间的“骨肉冲突”从未间断过，而且往复轮回。几乎存在这样一条规律：每当中华文明以南方形态为主体发展进化时，迟早都会出现一种局面，即物质的累积超越甚至摧毁精神累积的框架，从而导致人格弱化和道德颓废倾向的抬头。与此同时，北方文明往往通过某种激烈的方式灌输和补充张力和活力。这种灌输和补充直接导致中华文明中心的推移，即从黄河到长江，再到珠江流域，直指“面向大海，春暖花开”的终极。

这种推移是南方人自主或被迫的选择结果，也是北方人应对生存压力和证明自身力量的需要。

从本质上看，南方长于同化，北方长于提升；南方善于物质积累而拙于道德扩张，北方善于道德积累而拙于物质扩张；南方重视享受生活而轻视苦难的意义，北方重视隐艰忍难而轻视生活的享受……就是在南北方的这种不断冲突融合、反复互动的作用下，中华文明的气质形象被塑造出来了。

角色的分工

中国历史上曾出现过几次文明的高峰，至今令人向往，如秦朝、汉朝、唐朝、元朝和清初。尤其是汉朝和唐朝，所谓的“汉唐时代”，那真是中华文明服四海而归一的黄金时期。

巧的是，这两朝的开国之君都来自北方——汉高祖自不必说。据现代史学家考证，李世民的祖先可能接近于鲜卑族的血统。事实上，历史上值得一说的朝代，不仅都是北方人开创和建立的，而且都定都在北方，而一旦把都城定在南方，比如南京、杭州，就恰恰会是在那个朝代气数将尽的时候——他们越是贪图南方温暖的怀抱，历史就越是逼迫他们面对来自北方的追问。可以这样说，任何一个不敢正视北方的朝代，任何一个不能回答来自北方提问的文明，都免不了被迫接受一次革命性的重整或更迭。这是由南北种族的人文关怀存在不同指向所决定的——

南方重现世关怀，北方重来世关怀，所以，当南方人范蠡携着美人归隐五里湖、一反“修身、齐家、治国、平天下”的价值顺序之时，北方人屈原却在汨罗江边奋笔忧吟，留下了穿越百年的“天问”。

与此相应，南方重经济话语权，北方重意志话语权，所以，尽管南方人沈万三出钱帮助修建了首都金陵的城墙，北方人朱元璋仍要找茬抄了他的家，以证明他们之间并不存在赞助关系——皇帝就是皇帝，财主就是财主。

不仅如此，假如北方人长期在南方生活或南方人长期生活在北方，那么，他们的人生态度和价值取向便会发生变化。比如出身南方的项羽的人生结局便“演绎了北方式的价值逻辑”，而身为北方人后裔的宋皇子孙，却在偏安南方的岁月里找到了“活命价值”的理由——尽管这个理由在“复国”的外衣包裹下显得冠冕堂皇，却怎么也无法掩饰他们在人格上的苍白与懦弱。

与此同时，一种文化现象也在同步上演着，即在中国封建社会的早期，南方文化的发展，每每要由北方注入“最后的人格”，完成涅槃性的升华——北方的士子或因被贬岭南，或因南游讲学而构成了对南方文化的启蒙、推动和改造。这一点，在今人余秋雨先生的《山居笔记》里有较为清晰的描述。

例如宋朝，这个开创了中华历史一个恶劣先例的朝代（向外侮投降，尽管它在科学技术和文学、绘画、宗教等方面所取得的成就构成了中华文明的一个高峰）。别的不说，中国古代四大发明中至少有三大发明（指南针、火药、印刷术）是在宋代最后完成的，但是，却不能不看到，这个高峰的根基其实是在北方打下的。假如整个宋朝都是在“暖风熏得游人醉”中过来的，那么他们确实没有心情和理由去琢磨火药这种暴烈的东西——难道仅仅是为了增添一点儿节日的喧闹气氛？

可见，在中华文明的发展和演化历程中，北方和南方似乎存在着某种天然的分工，就像一座大厦的建造，北方是发包者，南方是承包者；北方是设计师，南方是工程师，离了谁这座大厦也建不成——离了北方，大厦不知道怎么建；离了南方，大厦建成了也得塌。

对视与对接

其实，中华文明发展史就是东方巨龙追寻大海的跋涉历程。幸运的是，现在我们终于可以说，曾经延绵两千年的、以南北对峙为特征的“头尾相残”终于不复存在了。

自从中国南方改革开放，特别是邓小平去南方视察之后，以广东人为代表的南方人显示出独有的种族活力，敢想敢干，敢冒风险，把压抑已久的积累财富的能力再一次发挥出来。随即，江南的江、浙、沪地区合力群发，使南方又一次成为中华文明的生长点和迈向海洋世纪的龙头。

顺理成章地，南方也把无数来自北方的目光和脚步吸引过去，形成了有史以来规模最为庞大的文明主体流动潮。参与这场流动的，不仅有中国社会各阶层的精英，而且有以“工人”身份登上南下列车的农民——“南方”再次成了中国政治、文化、经济的风向标。

然而，南方的暖风细雨容易使人昏昏欲睡、骨软筋酸，南方的黄金海岸也容易堆积虚假的泡沫。就在“南方优先”的心理不仅成了南方的当然认同，而且成了北方的自甘认同之际，我们有理由对这种“神龙见首不见尾”的状况感到不安，不仅因为形象上的残缺，而且因为气度上的萎怯，尤其是它在物质积累与价值积累、经济发展与道德建设上出现令人迷惑的反差的时候。

当然，这种“不安”并不是要从制度层面上否定“南方”，而是明了它的弱点并渴望获得克服的“焦灼”。

历史总是具有轮回性地相似：中华文明又一次面临一种“北方追问”，也就是说，中华文明的复兴固然必须建立在南方的物质积累的基础之上，但也始终离不开两位北方老人——李耳与孔丘——描述过的道德框架的约束。正如马克斯·韦伯所说：“只有高尚的道德精神，才能创造出容纳更多物质财富的社会框架。”

而现在，在迫不及待地迈向南方的脚步声中，人们似已无暇回头注视北方，汲取那些根植在天道人心中的、关乎宇宙苍生的智慧和精神。北方成了保守、懒惰、粗俗、愚昧、贫穷的代名词，北方在为南方工业机器供应着廉价原材料和劳动力的同时，自己却因用力过猛，双脚深陷在贫困的泥淖中难以自拔。当大草原退化成沙尘暴，当黑土地裸露出黄泥沙……策马奔驰的那达慕大会和风吹草低的北大仓失去了往日的喧闹，再也见不到人们怀着朝圣的心情登上北上的列车……

记得第一次听到流行歌曲中唱到“我是一匹来自北方的狼”时，我很纳闷，难以理解。现在终于明白了，这是“文明陷阱”中的现代人渴望野性的呼唤和回归自然的诉求。虽然我并不喜欢齐秦的歌，但只这一句，我就认定他是现代社会真正的歌者——他表达了身处南方的北方人表情的迷茫和内心的慌乱。

我们仿佛听到历史老人低沉中难掩焦虑的忠告：每一个兴盛的时代，都绝不是南北方之中的一方在另一方面前失去自己，都离不开南北方的相互砥砺、互补融合；中华民族的每一次飞跃性进步，都离不开北方的骨骼对南方肌体的有力支撑。

也许，只有在南方与北方眼神的相向延伸和相互对接中，中华文明才能在获得面向大海的开阔天地之时，仍能据守背靠青山的平稳心态，中华文明前行的脚步才能既轻快又踏实，前瞻有路，后顾无忧！

戏　说

先说几句……

戏说相声、电影和小品，是笔者最近写的系列评论性文字。“戏说”不是新词，虽然快要“臭大街”了，但比起“正说”，自有妙处——可以自卫。

不为别的，主要是为了避免被说者较真，因为说的都是真人，而且都是名人，我等凡人一个，担不起一顶“诽谤”的帽子。果真上纲成“恶攻”（不是小瞧名人的肚量），也并非不可能。再者，因为文涉批评。虽然“批评”二字本身只是一个中性词，但这年头，这环境，批评是叫人受不了的东西、讨厌的东西。万一哪天某位名人下雨天打孩子（闲着也是闲着），跟我过不去，就像陈凯歌为“馒头”置气一样，招来什么官司，我还真不知该怎么对付。

所以，俺得为自己留条后路，预备下来的台阶，就是指望名人先生们如果看到我写的这些文字——戏说性的、个人感知和推断性的，即使说得不对，也不要生气，更不要发怒，一笑了之，显了你的胸襟，成了我的稿酬，双赢的结果，何其乐哉！

下面正式开说——

一、戏说相声：重整河山待后生

相声是一门讽刺的艺术，而讽刺的艺术则是反映社会健康程度的晴雨表。

如果一个社会是开明的、宽松的、民主的、自由的，那么这个社会的健康和谐程度就肯定高，就能够包容讽刺艺术，并且能够促进它的发展和繁荣。反之，如果一个社会不开明、不宽松，缺少民主和自由，当政者就会不知不觉地表现出心虚和脆弱，怕人家指桑骂槐、借古讽今，讽刺艺术的生存环境就会变得逼仄，直至枯萎。

这从相声《带刺的玫瑰》最近二十多年的“走势”就能看得出来。

记得二十世纪八十年代初的那几年，讽刺官僚主义、形式主义的富于批评精神的相声作品很多，马季的《宇宙牌香烟》，姜昆的《电梯遇险》、《虎口脱险》，李金斗的《武松打虎》等，都是名噪一时、让人在开怀中回味不已的好作品，这就得益于那个思想初步解放、精神捆绑放松的时代。但好景不长，自二十世纪九十年代以来，不要说春节晚会，就连纯粹的相声大赛也丢弃了“讽刺”这一根本的特色——没有讽刺，那还叫什么相声？演员尽玩些插科打诨的花活，作弄对方的身体、脾性、长相甚至妻子儿女，再不就是像陈寒柏那个赞美农村人过上幸福新生活的“伪相声”《今非昔比》那样，能背个菜名、说一圈“绕口令”、哼几句戏文的，简直就是“国粹卫士”了。

这是大环境、大气候的问题，各位心知肚明。大环境在变，人也在变——环境塑造人嘛！相声大腕儿们是怎么变的呢？

马季——侯宝林的弟子。按理说，他应该是最有资格也是唯一有资格成为继他的老师之后中国相声界大师的，但事实上，像很多行业一样，“大师”只是民国时期有所成就的那些人的专利，就像戏曲界的“四大名旦”，此后的弟子辈、孙子辈，只能靠“某派传人”的名号充充底气了。马季也是这样，他还不够“大师”的份儿，哪怕是马三立这个相声界最后一位大师走了之后需要有一个人坐“大师”这个位子以维持“江湖规矩”也不行。

因为什么呢？因为马季一没有像侯宝林那样“整固”——把传统的东西全面继承，使后辈能从他身上看到“前朝”清晰的轨迹；二没有像侯宝林那样“创新”——他虽然有自己的新作品，但并没有形成一个新的体系。也就是说，“大师”必须承前启后，必须在成就上明显地跨越“继前——立己——启后”三个阶段。显然，马季没到这个高度——他虽然嘴皮子利索、舞台表演洒脱自如，但这与“大师”无关。

最要命的是，相声的现实生命日趋式微，如果必须有一个人做代表承担责任，那就是马季。相声在时代变迁中没能冲出重围，找到一条出路，而眼看着小品这个“杂种”在舞台上把自己揍了个鼻青眼肿，弄得灰头土脸，相声界必须有人负责，就像一个厂子破产，法人代表必须承担责任一样。需要说明的是，并不是随便谁都有资格担责任的——有资格承担责任本身就是一种荣誉。要说环境，难道改革开放以后的政治气候不比五六十年代宽松吗？可为什么侯宝林还是有本事把主席逗乐？

所以，侯宝林中年的时候就是大师，而马季七十多岁猝然离世时还称不上“大师”，“相声艺术家”前头还得俗气地加上“著名”二字，到顶了。“大师”不是“年纪大的老师”，马季先生批评牛群“不务正业”，牛群根本不理睬，因为马季不够“大师”级。要是换成侯宝林说这话，牛群敢吗？还反了他了！

除了马季，大概就要数姜昆了。

姜昆身上集中体现了相声艺术的精神境地在大变革时代由小康到困顿的历程。想当初，李文华未病时，姜昆何等风光！在李文华那饱经沧桑的表情的陪衬下，姜昆梳着三七开的油头，白里透红的小脸跟个“圆梨蛋”似的，嘴皮子那个溜，那个脆！每句台词都带着乐音，那个甜，那个绵！但又不缺包袱，也不少刺儿，《楼道交响曲》、《虎口脱险》、《电梯遇险》……怎么说都是个人艺术创作生命力勃发和时代环境健康宽松的证明。只要再延续个几年——不要多，十年，在他五十岁之前，有别于侯宝林的新时代“相声大师”地位确立无疑。

但是，他离成功还是差了一口气，就差一口气——二十四拜都拜了，就差一哆嗦。他也许是怕了——怕一朝不慎，毁了已经到手的名声、荣誉、地位；也许是出路太多，选择太易——他以为网络是相声艺术新的增长点。总之，他没敢从正面突围，而是从旁门遁出，在找寻相声土壤时，选择了网络这一片看似草木茂盛而实际上却暗藏陷坑的沼泽地。

开始时，在“沼泽地”的边缘地带，他还的确捡了几颗草籽儿，洗洗炒炒，淋上点儿麻油，倒还有点儿香气儿……“踩了一下脚”，弄出那么多个联想，确实多亏了互联网的启发。可是，到后来，真到了中心地带，连他自己都觉得不对劲了。一来呢，网上的东西种类虽然丰富，可也只是低层次的玩意儿，搞笑是搞笑，但不够滑稽；就算是滑稽，也谈不上幽默；即使是幽默，也离智慧还差一大截。草料管够，可怎么吃都长不了膘。二来呢，网上的玩主儿都是“嫩头青”，让他这个人到中年的“著名”人士充当“版主”，就是“八十岁老头儿唱花旦”——装嫩，不要别人说，他自己都受不了。

可开弓没有回头箭，网站建了就不能撤。再说，也确实不需要撤——毕竟是条路嘛，何况“第一人”的名号也还是个不错的招牌，就是放在那儿望天收，说不定哪天还真能捞到个把创意，顺带着催生出个把策划来呢。

于是，眼睁睁第一代铁定出场的“春晚大牌”渐渐地成了舅舅不疼、姥姥不爱的角色——有他也过年，没他也过年。2005 年春晚前夕，当赵本山怎么糟践都没人敢刺毛的时候，他姜昆还把自己当腕儿，以为自己的节目只能上黄金时间，但全国人民都看到他是个什么结果了——导演不客气地说：爱上不上。

于是，姜昆只得郁闷地回家，大年三十晚上也没心情看电视晚会，洗洗睡了。

相比之下，牛群因为太过招摇，原本多人共担的“不务正业”的“屎盆子”全扣在了他一个人头上。这跟个人选择没有必然联系，就好像一船的人掉进了海里，有临时抓了个救生圈的，有就近爬上一块礁石的，有被海浪冲到岸边的，也有抱着桅杆在最后没顶的关头被赶来的船只搭救的……总之，各人求生的法子并不相同。牛群的特点在于：当别人在呼救的时候，他已经第一个安全登陆，并且迅速抛开刚刚经历的恐怖和危机，满面春风地投身到另外一场游戏当中。虽然别人都还记得他是“相声牛群”，但他自己绝不这样认为，他把“相声牛群”从记忆里抹去了，他是“县长牛群”、“慈善牛群”。事实上，官场政治的庄严感和普度众生的使命感的确足以使一个人忘记“何处是故乡”。牛群那几年绝对活在自我角色的高强度认同中，能够爆发出“裸捐”这样举火烧天的勇气一点儿也不奇怪。

而当一切石火风灯般地逝去，牛群的“故乡意识”回复得也如同醍醐灌顶，好在他这片云彩飘了一圈后还在原地的上空，不管掉下的是雨是雪还是尘土，都没落在别人的田里，只要一门心思双脚着地，舞台的方向就不难找，怕只怕自己放不下那个架子。飞机想降落，甭管整的碎的，还愁找不到一块接纳的地方？

据说，2005 年的春晚，牛群对导演的态度毕恭毕敬，你说咋改就咋改，哪怕放在零点以后，只要节目能上就行——看，整个就是股市行情：牛起来撑破天，熊起来没个边。换句话说，也是能屈能伸。

说实话，牛群的勇气挺令人佩服！这人的艺术生命有救，你瞧好吧。

与迷途知返的牛群相比，他的老搭档冯巩完全是另一码事——

用相声垫底，用小品蹿升，用电影证明，用电视扩展……血统高贵的冯巩睥睨天下的野心比他的大总统先辈要大得多。其实，冯巩和下围棋的马晓春是一个类型——在事业上都是凭借天赋而不是苦功。冯巩似乎从来不说“传统段子”，唱功也不是太够——说、学、逗、唱四门功课成了“三条腿”，这就是“老底子不足”的表现，但因为“新派”得纯粹，所以本来是“天不妒人妒”，就因为天生“精灵剔透台缘好”，连“人妒”都来不及——同行是冤家，但冯巩一踮脚尖就让其他人“须仰视才见”：春晚上一等奖没跑；电影战场善于“埋伏”，踩着专业人士的尸体就登上了“最佳”的领奖台；借着电视发射的微波，他一伸手就把“金鹰”从空中给搂了下来……如果谁还敢嫉妒他，就无异于自取其辱，反而显出自己“皮袍下的小”来。所以，没人敢，也没人愿意说他一个“不”字，就算他比牛群还要“不务正业”，也不见有人指责。所谓“成者英雄，败者贼”，冯巩、牛群恰好各演了一个角色。

这就是冯巩的精明之处——单看面相，他就比牛群显得精明。他的适应能力天下无敌：不管你是师出一门的同道兄弟还是跨区流窜的临时拍档，不管你是知根知底的艺术名宿还是半路出家的生瓜蛋子，他都能与你搭上一段。他随便拽个人就能成副架，被拽的还屁颠儿屁颠儿地去沾他的光。什么“隔行如隔山”，什么“水土不服”，什么“台上一分钟，台下十年功”……对冯巩来说，这些都不是问题。他就是魔术师手里的布袋子，要什么有什么：快板、三弦、吉他、二胡……你要什么，他都能给你掏出来。虽然你明知有鬼，但你说不出他在哪里搞的鬼，就像你明知他那句“想死你们啦”是假的，可到时候你却受用得压根儿没工夫去琢磨它的真假。

要说全中国谁活得最滋润——冯巩。别人摔个跟头啃一嘴狗屎，他踉跄一下都能捡个元宝。你说他运气好，那是人家祖上积德；你说他滑头，也不是他的错。一句话：甭眼气！那年春晚和朱军一起带着牛莉——“还是个女的”，质量是“相当”的差，但人家在评选时避开赵本山，还是一等奖，眼气有什么用？

与冯巩的四处逢源、八面玲珑相比，长他接近两辈儿的杨少华算得上一个标准的“老牛筋”。他上春晚的艰辛历程堪称相声“在挣扎中含恨而死”的一个缩影——

按理说，生在天津、长在天津的杨少华算得上标准的“名门正统”，而且是典型的“草根派”，春晚要是诚心给相声一个座位，“正统”和“草根”的天津相声根本不用担心自己不配。但杨少华一家父子两代，耗尽十年心血，几度曙光乍现，到最后都是猝然而崩，愣是没挤进去。如果真是质量问题倒也无话可说，可偏偏在其他场合演出时好评如潮，令人纳闷“为何上不了春晚”。到最后大家都只能想到一点：这位老艺术家是个直性子，不懂得行业潜规则，所以才碰得灰头土脸。

话说回来，就算杨少华懂得行业潜规则，如果他的节目内容不改、表演形式不改，也甭指望上去。在晚会的“政治正统”面前，他的“相声正统”、“做人正统”啥也不是，人家央视压根儿就没考虑你这艺术不艺术的。大过年的，都要听点儿吉利话，要你这“死老蔫”尽是些“损口”干吗？

所以说，不是因为杨少华艺术水平不够，而是因为相声本身不讨央视的喜。有人说春晚谋害了相声，那么，为相声陪葬的，杨少华就是第一个。

所以，尽管杨少华一不够“大师”，二不算“明星”，但他却能与纯正的相声不离不弃、厮守到老。“邦有道”则鸣，“邦无道”则缄，单是这份精神、这种韧劲儿，就值得敬仰，这也是相声一直死而不僵并且给人以随时死而复生希望的原因所在。

这不，很快，相声界又冒出了个郭德纲。

严格地说，直到现在，郭德纲仍然处于“体制外”的境地，似乎还没有获得相声界主流的承认，这正是相声生命力长期不旺的表征——占山头、围圈子，缺乏包容，故步自封。其实，最初说相声的无非是一些读过点儿书但却入不了仕、卖不得力的“没落子弟”，甚至是跑江湖的穷酸秀才，本来高贵不到哪里去，谁知道是什么时候落下这病根儿的！

好在郭德纲对此毫不在意，这个三十三岁的德云茶社班主以一种与他的年龄和资历都不相称的使命感，十年磨一剑，顽强地把相声以及相声听众拉回到了原生态和原产地。这是因为，相声的本质在于世俗，在于民间，只有长袍马褂才是正统，它排斥富丽堂皇，对繁花似锦过敏，就像京剧，必须是那身行头，否则就成不了大戏。穿西装、打领带的，那是“玩耍”，连堂会都算不上。郭德纲把这个看得清亮，所以，年纪轻轻也不赶时髦，一开始就把相声的根儿缠在脚腕儿上，然后才拖着相声一步步地挣扎着走。从某种意义上讲，他的努力堪比侯宝林，甚至犹有过之，因为侯宝林主要是抢救传统相声段子，而郭德纲则是抢救相声的根基。如果说侯宝林抢救的只是相声园林里的一个树种，那么郭德纲抢救的则是整个相声园林的生态。特别是考虑到他们巨大的身份差异——一个大师泰斗，一个无名小卒，两者在难度上不可同日而语。所以，赵本山说郭德纲早晚成“大师”，你可以不信，反正我信。

当然，郭德纲也是人，一个凡人。凡人出名后都会附带点儿“暴发户心态”，犯上些做凡人的时候没机会也没资格犯的错误。

郭德纲诬蔑某某、郭德纲耍大牌……也许是有那么回事，也许是捕风捉影；也许是郭德纲小人得志、中山狼，也许是树大招风、枪打出头鸟，这都正常。他的搭档说得对：没几个仇人这辈子咋过？

哎，巧了，郭德纲也是天津的，天津卫的人不怕与人结仇，更何况这年月想找两个一方绝对正义、另一方绝对混蛋透顶的仇家，难！

既然如此，相声这玩意儿就说到这儿吧。

二、戏说电影：三个男人的战争

2005 年，中国电影一百岁生日的时候，演艺圈中大小明星们热热闹闹地操办了一系列的庆祝活动，发送过去的“流金岁月”：有的唱赞歌，有的抒发诗情，有的回忆往事，喟叹、唏嘘、欲言又止，甚至还掉几滴眼泪，看上去居然很美……毕竟一百年了，就算还不能说是“电影强国”，好歹也有不少值得珍惜和回味的作品。

任何电影都是特定社会现实、特定历史和文化的反映，电影作品的观念、表演的技巧、制作的水平可以有先进和落后之分，但电影和电影之间却没有优劣之别。所以，不管是美国电影还是柬埔寨电影，从价值上说都是一样的。美国的并不比中国的高贵，柬埔寨的也并不比中国的低贱——阿尔巴尼亚、朝鲜的电影不是也风骚一时吗？所以，我认为最没道理的就是那种简单化地把不同国度的电影贴上“好”或“差”标签的做法——破棉袄一定比名牌内衣“劣”吗？放在西伯利亚，你要哪个？

什么样的时代有什么样的电影人，什么样的电影人出什么样的电影，反之亦然。中国的电影是中国的电影人根据中国的现实生产的，撇开狭隘的政治和意识形态观念，哪怕是一部无论是主题还是技巧抑或表演都充斥着幼稚、荒唐、愚昧和无稽的电影，也是中国社会现实的忠实反映。也就是说，要想反映中国的现实，好莱坞的大片再精美也不如一部中国电影厂的“烂片”。

弄清了这个问题，我们就可以说说三个可以代表中国的电影人了——那就是张艺谋、陈凯歌和冯小刚。为什么是他们三个？我想不难理解，因为遍观当今大陆影坛，在能量、名气、影响力方面能够与之比肩的，似乎没有。而且这三个大男人一直表面上不露声色，背后掰着腕子摽着干；一边大家风范地“装”，一边小肚鸡肠地“掐”；上面紧握双手，下头猛使绊子；三驾马车一边狂飙突进，一边留神盯着两旁。在他们身上集中体现了“电影人性格”（注意：是“电影人性格”，而非个人性格）中的诸多特征——自视甚高、幸灾乐祸、“气人有，笑人无”……

先说张艺谋吧——

说实话，张艺谋这厮绝对是个人物，脑子要是能挖出来约约，保险比别人沉二两。想当年，一部《红高粱》弄得“地球人都知道”喝了他的酒“上下通气不咳嗽”。想想，1987 年哪，与其他行业一样，改革开放刚试水不久，电影界也不过刚刚恢复了几分元气，“伤痕文化”的风头还正劲呢！到处都是掀开卡其土布衣襟展露伤疤的，曲里拐弯地反思、低声下气地控诉，像在地主家受尽虐待的丫鬟终于从高墙大院里逃回了父母身边，委屈那个诉啊，泪水那个流啊，着实可怜！

张艺谋呢？他不，西北的汉子像西北的天，雨水少，泪也少。他不玩那些悲悲凄凄的，要玩就玩得轰轰烈烈，要搞就搞得畅快淋漓。不是到处都是灰黄的老土布吗？他就把奶奶压箱底的大红袄给翻出来，抖他个漫天红遍，红棉袄、红高粱、红高粱酒……洋红、殷红、血红，呼啦啦地泼出来，由不得你不眼馋，由不得你不心动，由不得你不热血沸腾。快四十年了，中国的电影观众哪受过这刺激，哪经得这冲撞！——原来，电影是可以这样拍的！

老实说，《红高粱》并没有什么实质性的东西，虽然倚着抗日战争的大背景，但既谈不上历史片，也谈不上故事片，文艺、商业、现代……什么都沾不上，但因为是“爷爷”、“奶奶”的过去，让每一个观看者都有切身的体会——谁没有祖上？谁都不是从石头缝里蹦出来的。经历了几十年的自相怀疑、攻击甚至残杀，生活的原型已经在国人的心中被扭曲得面目全非，直到看了《红高粱》才明白：原来土得掉渣的“爷爷”、“奶奶”们比咱们爱得爽、活得值；原来他们那一辈子活得才叫有劲、有味！就是这样一部既非主旋律又非大题材的电影，张艺谋靠什么赋予了它如此的力量呢？两个字：视觉；四个字：视觉冲击。

别忘了，“老谋子”可是摄影出身，老谋深算哪！他知道，凭他那点儿——包括当时所有电影人的那点儿底子——观念的、技术的、素质的、外界环境的……要想完成一种定位于“经典诉说”的表达，几近于痴人说梦！那好吧，那就用表象替代内在，用形式替代内容，用一切直接的、外观的、可以感知的东西与观众的视觉“无缝对接”，把观众的思维参与统统省略掉，让习惯于“政治先行”、“宏大叙事”的观众第一次不需要带着“阶级斗争”的脑袋走进影院，饱饱地享受一回视觉的盛宴。

所以说，张艺谋是个“人精”，他知道靠什么攫取自己的“第一桶金”。“收割”完《红高粱》之后，他成了个“肚里有粮，心里不慌”的“富农”。本人认为，在中国旧时代各个社会阶层中，富农是最有智慧的一个阶层——比佃户会挣钱，又比地主更大方，所以，富农也最容易催生、接受和适应商业社会的来临。张艺谋就是这样一个从“一斗红高粱”起家的“富农”，并逐渐成长为中国市场经济和商业社会条件下的“大户”。“富农”眼光独到，所以就在原地挖了口“老井”，挂上了“大红灯笼”；

“富农”视野开阔，所以也能坐上木船一直摇到南方的“外婆桥”；“富农”乡土观念重，见完世面还要风尘仆仆地往家里赶，中途帮助一个女的——秋菊打官司。到家里聚会，除了“我的父亲母亲”，亲戚朋友还“一个都不能少”，虽然有点儿显摆，但却真诚。

终于，“富农”张艺谋实在耐不住饱食终日的“寂寞小康”，实在不甘于满足三代“谋女郎”环绕的“幸福时光”，露出了在乔家大院熏染的“汇通四海”的商人本性。他要在欧洲扬名，在好莱坞立腕，因为在WTO的背景下，国际标准才是叫本土的那些“地主”们（包括陈凯歌、冯小刚等）心服口服的本钱。好吧，那就给你摆个“十面埋伏”阵，看天下到底谁是真的“英雄”。

确实，“富农”发了狠，“小地主”最没办法。张艺谋就是用这一招彻底奠定了自己的“头牌”地位。同时，他也深味“得理不饶人”的妙处，四处扩张，八方插足：意大利的歌剧《图兰朵》被他搞到紫禁城去演，奥运会表演的导演权也被他霸了去，接着就把桂林山水当作了舞台……当然，老本行不能丢，请来日本的高仓健上演了一出“千里走单骑”——他哪里是在搞电影，他是做给别人看呢！他在教别人怎么做才是真正的“大腕”呢！

二十年的时间，张艺谋建立了自己的“电影体系”，完成了自己的“话语霸权”。尽管在非他主业的奥运会开幕表演中暴露了先天缺陷——视野不宽，灵感不足，对本民族传统和东方文明精神的理解和提炼肤浅而粗糙，在跟踪和对接世界文明发展前沿的成就上几乎是空白……但已不足以动摇他的盟主地位，何况他又很快在北京奥运会开幕式上完成了“自我救赎”。走到这个份上，最大的好处就是：一方面，他可以不在乎什么褒贬了，例如关于他的电影专门把中国落后、愚昧和丑陋暴露给外人看的批评等；另一方面，他可以从容地用自己的言语表达，例如他可以在一次成功之后“贩卖”说教，也可以把《代号美洲豹》的失败说成是“为朋友帮忙”（因为帮忙，所以不是自己的东西）。当然，那些深刻而又显见的道理他叙说起来更为得心应手，例如他在朱军面前说，任何一部电影，不要说过了一百年、二百年，哪怕就是过了两年，围绕它的评论都会失去意义……最珍贵的是电影传达的一种让人心动的东西，是人性，是感情。

这话没错，但你得会听。他这话的关键不是省略号后面的“人性”、“情感”，而是前半句，是在给曾经对他说三道四、当时他无力回击的那些人士上一堂课，讲的是“君子报仇，二十年不晚”。

可以说说另外两个“地主”——陈凯歌、冯小刚了。

相对于张艺谋的“土气”、冯小刚的“痞气”，陈凯歌的身上具有明显的“贵族气”。这多少可以从他的第一个妻子洪晃的家庭背景那里找到一点儿渊源，但因为洪晃的“另类”和“乖张的前卫”，他的“贵族气”还未修炼到标准和成熟，就因为陈红——一个脚底板的老茧上都是心眼儿的女人——的介入半途而废了，所以定力不够、心胸不够、境界不够，常常如“愤青”一般表言行事，与无名小辈胡戈为个“馒头”争得一地鸡毛就是最有力的证明。幸亏是争个“馒头”，可以让人理解为“争气”——不争馒头争口气，假如是根“骨头”，相信旁观者的思维和嘴巴不会轻易放过把堂堂陈大导演的形象与一种家养的动物联系起来的机会。

陈凯歌真是太不懂得自我防范了！

然而，假如陈凯歌什么都懂，他也就不是陈凯歌了。其实，他是个非常认真的人，也是个非常较真的人，他的身上具有一种君子的单纯和坦荡。他可以和你干架，但绝不会率先生发害人之心，而一旦他认为你是在损害他、侮辱他，那么不管你是什么人，他都要把你当作对手，根本不考虑身份对等不对等、值与不值。

当然，他的主战场一直在电影上，在张艺谋的身上。曾经有人把他和张艺谋的作品列表，分成六个回合的比较：第一回合是《黄土地》与《红高粱》，第二回合是《边走边唱》与《大红灯笼高高挂》，第三回合是《霸王别姬》与《活着》，第四回合是《刺秦》与《英雄》，第五回合是《和你在一起》和《幸福时光》，第六回合是《无极》与《十面埋伏》，并得出结论说“两个人在有意无意中有种你进我退或我进你退的默契”，我认为有一定的道理。这个道理不在于这样排列有多么科学，而在于它把隐藏在其中的“双雄争霸”格局给暴露了出来：陈凯歌难以容忍张艺谋在他的“黄土地”（1984 年）上收割“红高粱”（1987 年），特别是不能容忍一个“奴才”在“主子”面前造反得势，他要维护既有的尊卑秩序，任何界限的僭越与模糊都是大逆不道。既然张艺谋违反了“江湖规矩”，他就有责任“拨乱反正”，两人的“梁子”就这样结下了。我相信洪晃透露陈凯歌坐在马桶上说的那句“丫的，原来给我扛机子”，绝对是真实的历史。

以后的二十年，陈凯歌过得很辛苦。一方面，他的性格是小马哥的“失去的，我一定要亲手拿回来”；另一方面，他的身边比张艺谋多了一个常驻的女人，而这个女人一直撺掇他证明自己，也一直要通过他证明她不是“花瓶”。历史证明，为美人打仗或带着美人上战场的将军往往吃败仗——周幽王如此，项羽如此，吕布如此，连拿破仑也如此。这里顺带一下：女人绝对不是祸水，但如果男人被一个女人影响到战略决策和战术部署，或者说如果男人的生活底片总要靠一个女人的药剂去显影，那么，这个男人总会处在危险的边缘。

陈凯歌之所以到现在还没有坠入深渊，是因为他成名早、家底厚、出身正统，同时也得益于他个人后天的勤奋和气质的“溢出效应”。正如倪震所说，陈凯歌有一种把诗歌和哲学放在脑子里思考再思考的习惯、天性和优点，这是勤奋的表现，而且，这种勤奋还不是低层次的忙忙碌碌。因此，陈凯歌很像一个电影界的“思想者”，这种境界使他形成了一种“重任在肩”的“使命自觉”。不管别人怎么看，反正陈凯歌怀着“天将降大任于斯人”的抱负和准备。创作任何作品，他都尽力站在极高的水准上用宏大的视野去包容，希望它能够渗透出很多哲学与历史的思考。尽管由于“哲学的贫困”和“历史的苍白”，他的作品大都不很成功，但因为这种结局具有替中国电影探路的性质，所以还不能与“失败”简单地等同——至少别人还不具备承担这种失败的资格。

于是，他经常处于一种尴尬的境地：一方面，他创作的苦心孤诣的作品，如《刺秦》、《风月》不被认可和理解，他的“哲学和历史的思考”被弃如敝屣；另一方面，他还一直试图说服众人，而不像张艺谋那样超脱于他人的褒贬。一方面，他怎么也解不开“孩子是自己的好”这个诡异的情结，陷入自恋的泥淖难于自拔；另一方面，他又心有不甘地眼瞅着张艺谋撒开文艺和商业“两条腿”把自己落得越来越远。到最后，他一边在逼仄的精神空间里顽强地坚持着自我，一边不由自主地任凭自我辩解越来越微弱；一边高举着和张艺谋战斗的旗帜，一边偷偷地模仿对手含泪修补自己在商业片上的“瘸腿”——《无极》史无前例的“烧钱式”宣传以及诸多“锱铢必较”的推广手段证明，他，还有他身边的那个女人，在商业炒作上还只是个“我才刚上路”的新手。

然而，走到这里，他又棋输一着：他有意无意地盯上了张艺谋，这就注定了两个人的方位：一架梯子上的两个人，一上一下，除非上面的那个发神经跳下去，否则下面的那个永无超越的时日！

人类一思考，上帝就发笑。的确，陈凯歌爱思考，就给了张艺谋发笑的机会。陈凯歌恐怕到死都不会明白，这个原先给他扛机子的西北男人怎么就拥有了赵本山的能耐，在他的黄土地上掀起沙尘暴不说，还把黄头发、蓝眼睛的老外忽悠得穿上唐装就唱起江南的小曲儿来。他思考啊，思考啊，头发都白了。有人感叹道：“唉，凯歌老了！”

心这么累，能不老吗?!

但是，有人不老，这人就是冯小刚。

如果我没说错，“贺岁片”的真正流行，似乎是从冯小刚开始的。那年头，好像只有“进口大片”和“国产片”之分，冯小刚不愿意让自己的作品淹没在大量的国产烂片之中，因而走上了“贺岁”的路途，无形中扯起了一面大旗，并且成就了中国电影的鼎立格局。作为其中“一足”，冯氏的搞笑风格日臻成熟，奠定了中国电影“幽默大师”的地位。确切地说，“冯小那个刚”才是全国人民的“年夜饭总厨”，春晚那帮人顶多算得上“做早点的”。

冯小刚和张、陈明争暗斗不同，三个人的同台戏，他选了个敲锣的角色，逗着那两个掐得热闹，自己在旁边“看二行”。等他们回过神来，忙乎自己的事情，他早把备好的“年夜饭”端出来了。等观众吃完了，那边又打起来了，他又可以看戏了。日复一日，年复一年……

要说什么叫“幽默”，按照林语堂的解释：幽默是智慧富余的表现。冯小刚的智慧不仅富余，甚至堪称“泛滥”，泛滥得让人既钦佩又羡慕。在这里请允许我引用一段网上的文字来证明冯小刚智慧的“富余”——钦佩的是，几年来的贺岁电影就已经让全国的老百姓大饱耳福和眼福了，从此中国就有了商业电影了。令人羡慕的是，他娶了个那么漂亮的媳妇，就愣是没有绯闻，从此媒体和百姓就开始拿他说事了。冯小刚说过这样一句话：“我的名字是为人民服务的！”中国电影导演一直以两个宗旨来指挥自己的创作：一是为政治，二是为艺术。这两部分互相“瞧不起”，只在一点上达成共识，就是都“瞧不起商业”。但是这两种创作动机都是利己的。老冯还说过：“只有商业电影是利他的。”“利他”是哲学的说法，用宗教的说法叫“普度众生”，用毛泽东思想的说法叫“为人民服务”。所以说，老冯的智慧不但能欣赏而且实用。“冯氏幽默”已经是个概念了，他所做的一切都离不开人民大众，离不开商业，尽管掏了我们的钱，但毕竟还是为我们服务的。

这话说得在理！冯小刚就是“玩商业”，就是在“掏我们的钱”。他从来就不避讳甚至明目张胆地扬言，以强化人们心底里“有钱难买愿意”的认同。这是一种典型的中国人的智慧。自从有了张艺谋、陈凯歌在前，他就不去凑那个热闹了，情愿做个冷静而狡黠的“看客”。他绝不刻意瞄着什么“奥斯卡”，就像科学、文学界有人不刻意瞄着“诺贝尔”一样。他相信，把中国这一亩三分地打理好，就已经是件了不起的事了。中国人口基数这么大，随便几个人瞄两眼电影，就够欧美多少个国家的票房总和了。所以说，相对于陈凯歌的浪漫主义和张艺谋的浪漫加批判现实主义，冯小刚是个清醒而纯粹的现实主义者。作品讨喜——观众掏钱——票房上去——期待来年，这才是冯小刚信守不移的铁律。守住这条铁律，不管那两位掐得脸红脖子粗还是人脑子打出狗脑子来，他都立于不败之地。

他深知中国人的脾性，了解中国电影观众的胃口。《甲方乙方》、《有话好好说》、《不见不散》、《没完没了》、《手机》……哪个不是正好挠在人的最痒之处？况且，他的手里有一根最适合中国老百姓使用的“老头乐”——葛优，一个类似鬼谷子、东方朔、纪晓岚混合体的“幽默大师”（事到如今，我们已经搞不清到底是冯小刚捧红了葛优，还是葛优带火了冯小刚）。他那个不长毛的脑袋似乎是专门为“冯氏幽默”预备的“塑料大棚”，冯小刚吃饭掉颗米粒儿在里面，都能长出一片稻田来，要是有点儿什么别的玩意儿，没准儿连袁隆平都要去考察考察。而且，不知你注意了没有，冯氏作品的名字也不是随便起的，都是按照当时社会流行的“班辈”，搭准了那根跳动得最为敏感的脉搏，不像张艺谋的《英雄》那么咄咄逼人，更不像陈凯歌的《无极》那么不着四六。

其实，冯小刚和另两位一样，也一直在思考，只不过和他们的思考路径和方式不同罢了。张艺谋的思考是一种牵连现实的“直接功利”，陈凯歌的思考是理想主义的“浪漫自恋”，而冯小刚的思考则有点儿星爷的“无厘头”味道——外在很荒诞，实质是直抵人心。尤其是近几年，在被人贴上“单纯商业化”的标签后，冯小刚似乎也在有意识地证明自己也擅长“张氏思考”，《天下无贼》就是一例。当然，要惯了“八斩刀”的人突然决定去抡鲁智深的禅杖，一开始肯定不那么顺手。尽管《天下无贼》成功了，但随后的《夜宴》却马上招来观众的一致“吐槽”，“冯氏作品”的票房保证竟然出现了罕见的起伏不定现象，直到两部《非诚勿扰》后才重又稳定下来。而在2012年，他更是以自己几十年的名利作为赌注，推出了《一九四二》这样一部“让整个民族回望历史”的作品，证明自己也会“张氏思考”，甚至也能“陈氏思考”。

总而言之，电影上的冯小刚是值得我们尊敬的一位“爷”，毕竟在这片“幽默贫瘠”的国土上，我们只有一个冯小刚。你可以不喜欢他飞扬跋扈的性格，不喜欢他得了便宜还卖乖的嘴脸，但你不能不看他的电影——哪怕只是为了在与朋友说话时偶尔也能来一句“严肃的搞笑”。

听我一回，没错的！

三、戏说小品：城头猎猎赵王旗

对于相声来说，央视的春节晚会堪称“有罪”，但对于小品来说，春节晚会可谓是“重生父母，再造爹娘”。正是依靠这座世界上最“牛逼”的舞台，作为一个最新的艺术门类，小品才能够踏着相声的尸体爬上全国人民“精神年夜饭”的餐桌，并且被作为招牌菜隆重推出。

从出身成分上说，小品是“相当的”高贵，它是从戏剧的大家族中逐渐另立门户的。最早呈现在电视银屏上的小品也许应当是王景愚的哑剧《吃鸡》。除了没有台词以外，那夸张的动作、生动的表情、完整的情节和推进的节奏，为后来的小品表演确立了一整套的程式和标准，使得小品从诞生到成熟的过程几乎没有经历太多的曲折和磨难。

今天的中国小品舞台自然是“城头猎猎赵王旗”，由一个名叫赵本山的东北人坐头把交椅。但想当初，如果没有两个艺术命运极富悲剧色彩的人率先打下“水泊梁山”的寨门，只怕这位“赵王爷”至今还依然画着小丑般的浓妆，挤眉弄眼地在“较大的城市”铁岭唱他的“二人转”呢，他与前妻的“共同语言”甚至都不见得少到哪儿去。

这两位就是大名鼎鼎的“朱老茂”和“陈小二”。

他们都是电影演员出身，而且，两人在电影中扮演的角色反差非常大：朱时茂演的形象比较正，而陈佩斯则正相反。但这也恰好构成了日后合作的先决条件——“一庄一谐”。我甚至有点儿偏执地认为，他们是小品舞台上独一无二的一对讲究角色反差和互补的搭档，后来的所有小品搭档在表演中几乎都是自顾自地各显神通，甚至争抢“包袱”（高秀敏就亲口承认过，“抢包袱”是她与赵本山分道扬镳的重要原因），根本没有注意到自身的形象冲突也是作品构成的一部分。

也许就是依赖于多年电影表演打下的语言功底，朱、陈二人才能够顺利地在自己的电影事业走下坡路的时候，自然而然地把并不受年龄影响的台词功夫搭配成了一种全新的表演形式。显而易见，无论是吃面条的小青年还是卖余粮的王老五，抑或是警察姐夫抓违法小舅子，朱、陈二人的作品都非常讲究叙述的逻辑性和故事的完整性，这一点是其他组合所无法比拟的。因此，从某种意义上说，他们其实在潜意识里仍然保留着在摄影机镜头前的习惯。他们无意中发现了小品，但却没有表演小品的自觉；他们仍然在坚守着“电影表演者”的那份高贵和矜持，而绝对不愿把自己摆在一个与舞台小丑同等功能的水平线上。这是他们作为开拓者应有的身价和姿态，但在“泛娱乐化时代”很快就要到来的时候，他们终于为此付出了代价。

我说的就是至今都让国人感到莫名其妙的索赔官司与央视封杀事件。按理说，这个事件本身并不复杂，无非是一点儿经济报酬——钱的问题，总是可以用数字来表示和标明的。这个事件的复杂性在于：既然账都结了，为什么央视还敢冒天下之大不韪，做出“封杀”的决定？这就值得好好分析了。

在央视这里，首先就是因为权威受到了前所未有的挑战。央视绝对不能允许开启这样的先河，否则类似的事件必将不断地发生。央视是国家大台，总是陷入与“戏子”的讨价还价中，太过“跌份”，这样的后果和代价是承担不起的。其次，在央视的眼里，再大的腕儿，只要是靠传播媒体吃饭的演艺界人士，就只能是“武器的批判”，而绝不能是“批判的武器”。演艺界不是政界，既然各自的身份定位在那里，就“高下立判”，主就是主，仆就是仆，再高贵的丫鬟也是丫鬟，再邋遢的小姐仍是小姐。再次，央视有底气说“离了你们，春晚照样办”、“死了张屠户，照样不吃混毛猪”这样的狠话，同时拿准了对手不敢这样说。在央视眼里，中国什么样的人没有？不要说搞一出小品了，原子弹不是也照样造？

而朱、陈二人只能作出宁折不弯的选择，这也是最优的选择：一来，官司赢了，心理上就有了依靠，完全可以利用舆论把央视陷于“不义”的境地，让它永远地背负道德的重压，这是多少人民币都买不来的；二来，他们也借此完成了“艺术道德”的最后积累和完善。前面说了，他们最忌讳的就是轻贱自己，哪怕是艺术形象。他们要把小品当作舞台上的纯表演艺术来创造和发展，而不是让小品在舞台姿态上蜕化为插科打诨和单纯逗乐的手段。这样一种道德优势，足以让他们具备睥睨往来的资本——不管是八十年代出道的旧友，还是世纪之交诞生的新贵。

所以，朱、陈和央视斗争的结果，既可以看作两败俱伤，也可以理解为互利双赢；既谈不上谁是胜利者，也不能说谁是失败者。

朱、陈就这样远去了。作为艺人，他们不愁没有舞台。而央视则仍然继续着它的春晚——作为舞台，它不愁没有艺人来演小品。而且，为了证明给人看，央视在小品上狠下功夫，也确实挖出了几对成色不错的“活宝”来，比如赵丽蓉、巩汉林组合，黄宏、宋丹丹组合，郭达、蔡明组合。

赵、巩组合中，戏曲演员出身的赵丽蓉与其说是在演小品，倒不如说是在展现一种人生的智慧。在中国传统文化的视野里，老年人的人生往往类似于孔子所说的“随心所欲，不逾矩”的境界，可以方便地向任何一种形式的智慧转换，包括幽默的智慧。赵丽蓉就是这样。在她的作品中，你看不到她在那里刻意地制造笑料。她只要把老年人身上的那些生活经验顺其自然地表现出来，就足以构成与现代社会、时尚生活相互矛盾冲突并令人忍俊不禁的戏剧性差别来。这时候，巩汉林只需要顺着、跟着、托着、接着，作品就可以水到渠成地“流淌”下去。何况巩汉林并不懒，在很多作品中自觉地发挥了自己身体语言的特点，也增色不少——比如那个酒楼老板摇头晃脑地去后厨“看宫廷土豆熟了没”的动作就相当经典。

遗憾的是，赵丽蓉老师过早地离世了，不然赵、巩组合肯定还会产出更多不错的作品，而巩汉林也不至于形单影只，成为春晚的一个著名的“百搭”。

黄、宋组合本来应当是能够成为“铁杆”的，但《超生游击队》后却每况愈下，终于没做成“长久夫妻”，甚为可惜——不过，也是必然。黄宏与宋丹丹不同，他是个优秀的表达者，台词功夫过硬，但他又是一个一直需要本子“架”的人，没有适合他的本子，他就只能无奈地沦落到靠“抡大锤”和“看门”混饭吃的地步。他念台词时除了嗓门越来越高以外，再也没有做“游击队员”时的那种可爱的狡黠和可笑的苦恼了。而宋丹丹呢，则恰恰相反。她是个“架”本子的人，即使一个普通的本子，她只要愿意，就一定能够更加出彩。所以，黄宏这汪浅泥塘注定养不住宋丹丹这条大鲤鱼，她早晚会被比黄宏更加大牌的人挖走——事实也的确如此。

郭达和蔡明在小品表演上的“官方成就”并不高，但是，有时候具有代表性的并不一定是成就高的。这一对组合的最突出之处在于：平民化。春晚办的时间越长，就越明显地类似于一项“送温暖工程”——有点儿经济和社会地位的“白骨精”（白领、骨干、精英）们基本不看了，只有农民和城市平民等“弱势群体”还嗷嗷待哺，而郭、蔡二人正是这两大群体最合适的代表，他们的形象以及他们的作品最符合社会底层人群的审美习惯和欣赏标准。他们的名气和实力正好处在足够上台面而又不至于耍大牌的位置，你心情好时可以跟他们“好商量”，你心情不好时可以对他们“下命令”，不必担心他们不接受。他们是春晚上“大大的良民”，好使唤，不“孤拐”，真像西北黄土地的朴实农民和城市社区的热心大姐。每年评选，不好平衡，怎么办？那就先把三等奖给他们，节省一个更高等的，以备哪位大腕儿使性子，准保没错。他们不仅不会埋怨，而且还要自我批评“技艺不精”，表示来年要更加努力……就凭这，央视就舍不得落下他们——不管节目怎样，年年都上。

除了组合以外，还有两个“今天抱这个粗腿，明天系那个衣襟”的可以说一说：一个是潘长江，一个是郭冬临。

开句玩笑，潘长江这厮长得就像个“小品”。如果他不知道用功，即便不能说找不到个媳妇，一辈子大概充其量也就是个乡镇级别的“老头儿乐”，有机会进趟县城都能几天睡不着觉。好在他明白自己只有用功才可能会有出头之日。在家庭氛围的影响下，潘长江练就了自己的独门绝技——唱歌。别吃惊，不是把他和专业歌手比，而是把他的歌作为后来演小品的准备。不能否认，他是把歌舞和小品结合得最好的一个人。在《过河》中以及在与黄晓娟搭档的小品中，潘长江无不充分运用歌唱的手段弥补他在表演上的缺陷，从而巧妙地利用了观众的心理误区——腻歪了专业歌手的程式，却能坦然接受一个小品演员的喉咙。所以说，潘长江是所有小品演员中最应该感恩央视和春晚的人，因为这个平台使得他多年朦胧的摸索突然间就有了清晰的方向，不仅没有白费，而且借机成就了他在多方面的梦想，比如电影、主持，等等。

相对来说，郭冬临也算一个有才能的人，《天气预报》中的那个三弦唱段功底就相当深厚。但此人最大的缺点是太不用功——也许是因为他觉得自己长得帅气，所以危机感也就远远不如潘长江。在春晚上，他把心思主要用在如何抱住一尊大佛上面——如果没机会抓住冯巩，抓住魏积安、买红妹、郭达、杨蕾等弄个三人组合也行。所以，在小品演员中，他始终成不了太大的气候。而在平时走穴中，他会很愚蠢地选择糊弄的办法。大概是九几年吧，我所在的单位搞了一场见义勇为专场晚会。他来了，也不准备脚本，甚至连场前彩排都不参加，上台后就和张大礼糊弄开了。晚会一结束，他拿了钱就溜，结果我们单位一个电话打过去，严正警告他，如果他不为自己的拙劣表现负责的话，我们将召开记者会公布真相，当年的春晚他也别指望上了。结果，郭冬临只得以“捐献给见义勇为基金会”的名义乖乖地退回了全部酬劳。

说到这里，该赵本山出场了。

不能不承认，赵本山是个人物。即使不能说“几千年才出一个”，至少也是“百年一遇”。赵本山从一个农村的地方戏演员这样的“低位”出发，抵达今天这样一个呼风唤雨、影响力波及戏曲、影视、娱乐甚至体育界的巨鳄大亨的“高端”，简直算得上是一个奇迹。难怪连余秋雨这样的大师级的文化巨子都要对其刮目相看，称其为“东方笑神”。

在赵本山的身上，集中了农民的朴实和农民的狡黠、商人的精明和商人的厚道、政客的敏感和政客的深沉，以及投机者的迅捷和投机者的木讷。他善于抓住机会，而又能够持之以恒；他坚持恒定的方向，而又时刻准备全面出击。这些素质——平常人能具其一，难具其二；能具单一，难具双重——分割开来都不足以成就大事，但汇聚在一起化合互补，能量就大得无边了。赵本山恰恰就是这样的一个得到上帝眷顾和青睐的幸运儿，他的智慧过分多余，而智慧多余正是幽默大师的充要条件。

虽然相声是被小品挤死的，但赵本山却是借助于相声大腕儿姜昆的提携抬举才登堂入室的。姜昆在曲艺界混迹多年，在相声界名声显赫，但因时代所限，距离大师虽一步之遥而终不能功德圆满，甚是可憾。但因为发现了赵本山，姜昆也足够聊以自慰了。虽说此举对他个人、对相声界来说无异于“引狼入室”，但也应了社会哲学上的一个定律：掘墓人都是自己。

赵本山的作品早期以批判现实见长。事实上，小品之所以能够取代相声的“言官御史”之位，诀窍也就在这里：相声要批判现实，没办法拐弯抹角，又用不上形体语言和其他辅助手段，而且还要不断抖“包袱”，三句话不带“包袱”，观众就会走人甚至喝倒彩，技术难度太大。另外，相声的批判方式也过于直露，容易引起神经过敏者的“药物反应”，动辄得咎，存活率自然很低。小品则不然，它可以拐弯抹角，一直到最后一句台词“我上这儿扯淡来了”都行。它的辅助手段花样繁多，单是道具一项，就不是相声所能比拟的。它的“包袱”可以从容地积攒着，想什么时候甩就什么时候甩，甩得山花烂漫，甩得如瓶倒水。它批判的对象和领域可以限制在最没有反抗能力的残疾人、农民、小市民等弱势阶层上，最多也就是个乡镇级别，根本就不存在什么政治和社会风险。可以说，在把握小品生存命门的功夫上，赵本山深得其中三昧。

在众多小品演员甚至整个演艺圈中，赵本山是最懂得“借用之道”的。除了姜昆以外，他借过何庆奎的脑子，借过黄晓娟的形象，借过高秀敏的嘴巴……渐渐地，他像狗熊掰棒子一样走一路丢一路，过河拆桥似的不断淘汰，上演了一出舞台上的“一将功成万骨枯”，直到最后才锁定自己要长期借用的“两颗头颅”——男的是范伟，女的是宋丹丹。

此外，他也是最擅长收敛的：尽管老婆照换，但有谁听说过他有什么绯闻呢？尽管余秋雨和他惺惺相惜，但有谁见到过他以大师自居呢？尽管他的面前几乎都是顶礼膜拜者，但有谁看到过他对演艺界评头论足呢？

当然，赵本山也不是神，他在登上“小品王”的宝座之后，也不能免俗地开始了“帝国的扩张”——建基地、做生意、拍电影、搞电视剧、做广告……兴之所至，他还能到中国足球的浑水里趟两脚，染上了成功人士的通病，这也是他的后期作品——包括《卖拐》、《卖车》、《卖担架》的“卖”字系列失去批判力的直接原因。

但这些都正常，父母爹娘生，五谷杂粮长，修身、齐家、治国、平天下，中国人的价值观和理想跟马斯洛的“需要层次”一样，总是从低到高。别说他赵本山“家有余粮”必然还想“多种地”了，成吉思汗灭了大宋之后，不也是要西征欧洲吗？所以，我们无须替他着急，担心他在春晚上每况愈下。前面说了，他是百年一遇的天才和上帝的宠儿。他不是郭达、蔡明，不是潘长江，更不是郭冬临，无论怎么使劲都那么回事，他是大师级的。如果说赵树理靠文学成为中国农民的代言人的话，那么，凭借《刘老根》和《马大帅》，赵本山就是中国农民的“形象大使”，以一种“票友”的心情和身份参与，却能达到“国宝级”的造诣，你还怕他对付不了一年一度的春晚吗？

果不其然，赵大叔就是牛！眼看着拐棍、担架、轮椅卖完之后颇有江郎才尽的味道，但毕竟“刘老根”已非“徐老蔫”，底子厚实得不可同日而语，一眨眼就“策划”起做完“奥运火炬手”该干什么了。于是，他一眼就瞄上了满身星光的毕福剑，不费吹灰之力。《不差钱》一扭“卖”系列的颓势，讽刺与搞笑一体，通俗共深刻齐飞，顺手把徒弟们一个个推出，长江浪涌，后继有人，无愧于“小品王”的名号。2009 年秋天生了一场病，看看网络上的跟踪报道，就知道赵本山的分量了。

而且，他表演得堪称炉火纯青，说台词的时候连生病造成的咳嗽都不会影响效果。他故意把“李娜”说成“李谷一”，把“艺术细胞”说成“艺术细菌”，把“苏格兰情调”说成“苏格兰调情”等。抖“包袱”更是不露声色，自然天成。过年的宴席上缺了赵本山这道菜，你别说，还真会降一个档次、少一种味道！

小品的城头上，赵王的大旗且得飘着哩！

艾　草

临近端午了，像往年一样，妻子又从集市上买来几把艾草。不过，她今年没有把艾草绑在防盗门上，而是放在了几个房间的床头，据说这样驱蚊的效果更好。

我们的家住在南京城西的龙江。几年前这里还是南京城西靠近江边的一片沼泽地，自从建成了住宅小区，也许是广种草木又临江靠河的缘故，一年四季除了极冷的冬季以外，家中总少不了几只蚊子在床头骚扰，到了夏天更是成群结队。这几年，为了对付这些讨厌的家伙，办法想了不少，“雷达”蚊香片、驱蚊灯、薄荷油……现代工业发明的玩意儿几乎用了个遍，但效果甚微，单从杀伤效果上看，似乎还抵不上妻子的巴掌。

那天下班回家，妻子并没有预先告诉我艾草的事，而我，虽然隐约感到家中的空气中有那么一种特别的药味，但并没有去追问。按照个人的生活规律，晚上十一点钟左右洗完澡，我依旧靠在床头看电视。大约在午夜零点的时候，妻子忙完家务，也准备上床休息，我便提醒道：“蚊香还没点呢！”

妻子问道：“有蚊子吗？”

是啊，有蚊子吗？没有蚊子。一个多小时的时间，的确没有一只蚊子。怎么回事?

妻子道:“你没看见我们家每个房间里都有一把艾草?”

这时候我才注意到，在床头的右侧，的确有一丛植物靠在墙边，那种特别的药味正是它散发出来的。

果然一夜默默无“蚊”，所谓凝聚了“高科技”研究成果的现代驱蚊手段，竟然比不上未经任何加工的一束艾草，似乎做了“孔二先生”那句“过犹不及”的注解。

仔细想想也不奇怪，在今天“科学昌明”的时代，人类所信赖的、追捧的所谓“科学”，常常只是“技巧”，而且多会弄巧成拙。从本质上讲，科学是儒家的“理”、老庄的“道”，属于形而上的范畴，并不能等同于形而下之的“器术之用”，所以，清醒者才会得出“科学也是一柄双刃剑”的结论。放眼今日之世界，工业革命是科学发展的成果，却也是危及人类和整个地球生存环境的罪魁，因为“科学”的运用者永远也无法在“科学之利”与“科学之害”之间作出最准确、最理智和最平衡的抉择。人类自身的弱点即欲望和自私，总是无法摆脱眼前利益的诱惑——特别是当“科学之害”还没有像“科学之利”那样呈现在面前的时候。

所以，人类才会如此聪明，总能不断地给这个世界增添各种新奇的玩意儿，实质上却非常愚蠢，不知道新玩意儿除了增添大自然的消耗外，在一个长远的时空内看还是一种倒退，就像本来驱蚊效果很好的艾草被弃之不用，而去发明什么电热蚊香取而代之；就像舒适、科学的布鞋无人问津，生出多少厌氧菌和疾病的皮鞋却广受追捧；就像给孙子讲牛郎织女、嫦娥飞天故事的奶奶渐渐绝迹，孩童的眼睛再也不看天上的星斗，却被一大群保姆、用人包围着，从出生就开始进行着严格的调教以便准备成为一个上流社会的贵族……

妻子的几把艾草引起了这么多云山雾罩的联想，真是罪过——是我自己的，也可能是所有人的吧!

家的味道

每个人都有家，不管是豪华阔气的别墅，还是“干打垒”的茅草房。

有了家，就会有关于家的记忆，关于家里的人、家里的事，还有家里的味道——

小时候生活在苏北偏僻的农村，家的味道就是院墙外的洋槐树四月里开满一簇簇的白花，招来一群群勤快的蜜蜂，让满院都弥散着香甜的气息。母亲趁花蕊刚开的时候将花穗捋下，用开水烫过、挤干，淋上酱油、麻油拌开，就是父亲的一盘下酒菜。

还有院墙内的那株花椒树上结的花椒，烧鱼的时候放上几粒，鱼腥味就变成了鱼香味。孩子们有时候闹肚子，摘几片花椒叶嚼一嚼，敷在肚脐上，那股清凉凉、麻酥酥的感觉就会将疼痛驱赶得无影无踪。

二十世纪六七十年代的农村，谁家的日子过得都不是那么宽裕。家的味道就是一年到头的玉米、高粱稀饭和窝头，以及黑黑的老咸菜疙瘩，还有用蒲草包焖出来的霉豆子。还有晒的辣酱，抹在玉米面煎饼上，歪着腮帮子撕，牙根都疼，但那叫一个香啊！

灶是“土基块”垒起来的，锅盖是用高粱秸秆串成的，竹片编的“馏列”（把冷食放在上面蒸熟）、麦秸扎的蒸笼屉、丝瓜瓤子做的锅刷……生铁锅里盛出来的任何吃的东西都有一股子“土味”。烧灶用的稻草经常受潮，烟大呛人，但棉花的秸秆特别干，烧起来火大，还滋滋地冒油，散发出一股草药的香味。一到暮霭初降，全村子的炊烟便袅袅地在鼻尖下的空气里飘散，家的味道就不再是单门独户的孤寂清冷，而是满身的温暖了。

读书考学跳出农门，这是大人们给每一个娃儿从耳朵眼儿里喂的另一种食粮。于是，家的味道就是不吃早饭（没有早饭吃）而在上学的路上偷一把田里的豌豆或者五月初的嫩麦穗，用手掌搓开果实，闻着那屡清爽的气息——连鼻子也享受了一把美味。假如碰巧哪位缺乏先见之明的人家胆敢把西瓜种在路边，那可就“阿弥陀佛”了。不过，几乎没有这样的呆子。偶尔碰上一畦花生地，就谢天谢地了！

于是，家的味道就是半夜苦读，早晨起来一挖鼻孔，手指头白的进去，黑的出来——煤油灯的熏灰怎么也抠不尽。等到日子好过一点儿的时候，在屋檐上挂着冰柱的凌晨摸黑起来捅开炉子热饭，万一多贪恋一会儿热被窝，冻成块的山芋稀饭便等不及化开，只能一口热、一口凉地囫囵吞下肚了。

新碾的稻子煮出的第一锅米饭、夏收时烙下的第一张麦子煎饼卷上黄澄澄的炒鸡蛋，还有秋天第一粒带着露水的花生米、第一块蒸红薯……动的都是自己的手，吃起来分外香甜，一辈子都不会忘。别拿什么山珍海味跟我换——就是不换。

当然，最“有味”的日子还是过年的时候：一笼笼的包子、馒头蒸出来放进瓦缸；一箩箩的炸丸子——肉丸子、萝卜丸子、豆腐丸子、鸡蛋丸子，出锅时油花还在身上眨着眼地跳，满心的欢喜；从集市上采购的猪肉，五花的那种，膘要三指以上厚；还有起码两条鳞如指甲的大鲤鱼挂在墙上，眼睛瞪着，仿佛在看买者的家底是否殷实。其他诸如大白菜、萝卜和芫荽，从自家的园子里拔来，码齐整了，早盼着会会集镇上来的荤腥，全是勾人馋虫的主儿。

二十三祭灶、二十四迎财神，上天言好事，下地保平安，态度的确是好，只是那些好吃的都便宜了我们小孩儿的嘴巴，而受供奉的灶王爷却大概只能空着肚子天上地下地忙活，神仙做到这个地步似乎惨了点儿。年三十写对联，一锅糨糊百家用，半瓶墨汁香全庄，红红的喜字不光养眼，似乎还饱肚子，不知道饿，看着、闻着就来了精神。初一一大早就起来包饺子，白菜肉馅，加点儿酱油就出味，满屋子的香气。人说“屁暖被子烟暖房”，的确有道理，但终究不如“香暖房”受用。当然，少不了汤圆，红糖馅的。小孩子鬼精，借口帮大人，其实不过是趁机沾些糖末儿甜嘴，要不，推磨的时候怎么很少主动帮大人？嗨——

饺子出锅了，还不能吃，要等把灶膛里的草灰用铁锹铲出来，在院子里画圈，这叫“打粮囤”，祈望新年五谷丰登，然后才允许动筷子。这跟西方人吃饭前祷告感谢上天赐食一样，多好的仪式啊！可惜，现在不兴了，遗忘了，真不该！

不知不觉，在家的味道中，我们长大了，独立了，又有了一个家——

那时候的年轻意味着白手起家。先是集体宿舍的家：一间房子用布帘子隔成内外两间。外间有一张方桌和几个木凳，从旧货市场淘来的五斗橱里放着从碗筷到粮油等诸多生活用品。靠墙边钉上诸多钉子，拉上铁丝，毛巾和洗过的、没洗过的衣物都有了暂时摊晾的支撑。里间有一张床、一张书桌、一把椅子，从大学里带回来的教科书还在两片铁组成的书夹里面充数。被子倒是新的，那得感谢岳父母的恩赐，他们舍不得女儿的床上有了一双男人的臂膀时，连个像样的遮盖都没有。

烧煤的炉子不担心被偷，摆在过道里。当然，随手用得着的铁锅、铝锅和其他炊具也会在旁边的台子上备着。每到下班之后，过道里便会站着一溜儿忙碌的女人，腰里扎着围裙——有的带漂亮的花纹，有的只是蓝布一块，要视个人的“小资”程度而定——锅碗瓢勺，一片交响；酸甜苦辣，五味俱全。

只是，忙得虽欢，出的货却无非是“老三样”——炒鸡蛋、炒青菜、炒豆芽。会做西红柿蛋汤就算得上“高手”了，若非老岳母从家里提着饭盒赶来，像红烧排骨和清蒸鱼之类，过道里的“主力军”是没本事鼓弄出来的。

于是，经常地，男人们都会从路边的摊子上买半只鸭子或盐水鹅，喜欢来二两的就索性再顺手买点儿花生米、海带丝什么的，两家三家一凑，就成了可以喝两盅的架势，而且随着酒香的扩散，还要再吸引几个过来。一张方桌坐不下，还得拼上隔壁的。

天黑了，过道的灯亮着，黄黄的光，像没睡醒的眼睛，瞅着一大堆欠收拾的残羹冷炙。但里间的“眼睛”却精神得很，那道布帘子早已拉得十分严实，却挡不住“小日子”的气息从门缝里往外溢，弥漫着整个宿舍楼。

后来，房子“市场化”了，小家也换成了小区里一个封闭的单元。防盗门的油漆和铁锈封锁了各自的消息，楼道里冷清得只剩下空气。家的味道就是妻子早晨端上桌的稀饭、油条、榨菜丝，或者一杯牛奶和一个煎蛋，还有晚上的大蒜炒干丝和毛豆仔鸡。烧煤的炉子很快就被淘汰了，管道煤气和“老板”牌抽油烟机一唱一和。家里没有一丝油烟，只有新铺的地板砖、新买的家具和墙纸，散发着很多人后来才知道的一种叫作“甲醛”的坏玩意儿的味道。

好在时间不长，新生命的诞生让两居室、三居室又有了真正的家的味道。把幼儿抱在怀里时，软软的一团，散发出奶香，从鼻孔里吸进，一直沁到心底里。阳台上的衣架空前的满，尿布没完没了地上上下下。初为人母的妻子发福了，但母性的光辉从周身泻下，使人巴不得再过一次童年。从晾衣架上收回来的衣被，再也不是胡乱地堆在床头，而是叠放整齐。晚上睡觉时打开，一股太阳的味道，温暖而又香甜。

家里的书越来越多，再也不必拿学校的课本充数了。花也养了几盆，不是什么娇气的那种，有水就能活得耀武扬威。有了那个颜色和那个生气，哪怕一个人在家，也有了对视和对话的意思。还有字画，也不是多么名贵，迁居时朋友送的玻璃镶框的《八骏图》，有些俗气，冷冰冰的，关键是没有墨汁的呼吸……

家的味道就是刚打开门的时候，一眼瞥见茶几上的那把紫砂茶壶；就是刚刚回到家里，来不及擦汗就趴在书桌前写作业的儿子把乔丹系列的耐克球鞋胡乱地扔在地板上，满屋子的汗臭；就是妻子端着菜从厨房里出来，亲近她时能感觉到她身上略显疲惫的气息；就是饭后拿起头天没有看完的那本书，再次凝视那一行行的墨迹……

人说，家家都有一本难念的经，这话也许没错，但我想，再难念的经，也有一份值得记一辈子的味道！

节约有罪

2008 年夏天，南京私家车族因为油价上涨、道路拥挤、停车困难等原因，自发形成了一种所谓的“拼车现象”。但是，此举却被有关客运管理部门指为“违法”，须“严厉打击”，理由是“拼车现象破坏了城市出租车行业的正常秩序，损害了出租车司机的利益”。

好一个为民请命的姿态！好一个执法如山的形象！好一个义正词严的表达！只是这时候的挺身而出，来得有点儿急不可耐，来得有点儿鬼祟可疑，给人留下了一种“夹带私货”的印象。

请问，长期以来，出租车司机超时工作、劳动权益亟待保护的时候，你们为什么不说话？运营公司只顾收费，不问服务，而且“管理费”名目繁多、居高不下的时候，你们为什么不表态？偏偏在这件民间的、个体的、自发的节约互助行为发生的时候，你们却发话了，表态了，而且一发话就这么狠，一表态就这么横，这里面究竟有什么文章呢？如果我说得没错的话，大概是这些私家车车主的行为“动了你的奶酪”了吧！照出租车司机的说法：“有车族以前基本上都是出租车消费者，买了私家车后，出租车就失去了有车族及其家人的消费。现在出现拼车现象，无疑又挖走了一部分消费者，这是在抢我们的饭碗。”对啊，这些司机太没有“政策水平”了，一开口就把你们的老底儿给揭了：司机的蛋糕小了，你们还上哪儿去刮奶揩油呢？

“拼车”违不违法、应不应当“严厉打击”，我看，客运管理说了不算，哪怕口气再硬，一副众人皆“罪”我独“警”的凛然架势；出租车司机说的更不能算，哪怕口气再委屈，一种“祥林嫂大意失亲儿”的可怜模样。因为，是否违法的认定，首先要看法律“有无明文规定”。那么，法律有明文规定吗？没有。故所谓“违法”、“须严厉打击”云云，只能是客运管理和出租车司机一厢情愿的自说自话。

照你们的逻辑，凡是因个人有能力购买私家车，从而使自己和家人不必再去打车的，就是对出租车行业的不公（因为影响了出租车司机的生意）；凡是有车不用，而去和同事、朋友搭伙乘顺风车的，就是在“抢出租车司机的饭碗”。对于前者，你们气归气，也只能是“眼气”；对于后者，你们把“拼车”的一方强按在“营运”的位置上，终于找到了一个看似有了法律依据的理由，在“一致对外”的旗帜下迅速由“利益矛盾体”转变成了“利益共同体”并且同仇敌忾起来。

只是这种逻辑颇为滑稽可笑：也有私家车车主去坐地铁、坐公交车，莫非地铁和公交车也抢了你们的饭碗？照此，地铁公司、公交公司难道也要被列为“严厉打击”的对象？我先前坐了你的车，现在有了自己的车或者搭了朋友的“顺风车”，你挣不到我的钱了，就说我“抢了你的饭碗”，这套说辞是不是太霸道了？另外，也有私家车车主去乘出租车的，岂不是成全了你们的生意？这又该如何解释？你们为何避而不谈？

客运管理关系到城市交通的安全、有序和健康，责任重大；出租车司机早出晚归，为了自家的生活，为了城市的脸面，也是辛劳可恤。但这些都不能构成妄言滥法或者肆意越权的理由，特别是在明显夹带着部门利益甚至“小团体利益”的时候，不仅难以自圆其说，而且只会“露出皮袍下面的小”来，白白以一副凛然正气的姿态，作了“此地无银三百两”的“丑秀”。

“拼车”的出现，总是有缘由的：油价上涨是其一；交通拥挤是其二；停车困难是其三……这里面，价格问题谁也没有办法，但交通拥挤、停车困难问题却是有司之责。不在消除缘由上下功夫、动脑筋，而是张口“违法”，闭口“打击”，仿佛到处都是“阶级敌人”、时刻都有“专政对象”，难道还嫌现如今的社会矛盾冲突加剧得不够吗？况且，老百姓都知道这种“拼车”现象即使在发达国家也是受到鼓励和提倡的，因为它既是一种节约的美德，又是一种合理的行为，符合人类社会的发展方向、现代文明的进步潮流，怎么经常出国考察的官员们却不知道呢？怎么一到中国就是“违法”了呢？

退一步说，就算“拼车”不合法，那也得积极研究对策，至少要在进行详细、周密的调研之后，向有关方面提出立法建议。如果实在等不及，也可以向中央最高司法机关寻求司法解释，并以此作为执法依据。总之，自作主张地指责“拼车”违法，不仅自不量力，而且毫无用处，可以说是所有可行的路径中最愚蠢的一种选择。

我一直以为，最好的法律，不在于设计得多么完美、保障得多么有力，而在于尊重人类公认的基本常识。就拿“拼车”来说吧，它的基本特征是节约、互助和互利，不要说现在还没有一部法律对它的性质作出评判，即使有，那也应当是“合法”，否则就是判处“节约”、“互助”和“互利”有罪。

我不相信，在二十一世纪的今天，在提倡和谐社会和可持续发展的中国，会出现这样令世人耻笑的倒退。真的，打死我也不信！

对应“自强不息”的四个字

记得还是上高中的时候，班主任对我们几个班干部比较偏爱。那年高考前夕，有一天，他把我们召集起来，战前动员般地交代了一些诸如“一颗红心，两种准备”的话，末了，又分别给每个人一句赠言，给我的是“天行健，君子以自强不息”。

那时候的中学生连买本成语词典都非常困难，更不用说其他古典文集了。虽然我的古文（仅限于课本上的）学得不错，但因眼界所限，这句慷慨激昂的男子汉宣言却是第一次听到，又因为是班主任所赠，所以，当时就有几分心潮澎湃、青春血涌之感，把这句话一直铭记在心。

一晃几年过去了，不知是哪一天，总之很偶然，我看到了这句话的另一半：“地势坤，君子以厚德载物”。也许自己终究不是那种锋芒毕露的冲击型性格，走上社会后，尽管时刻谨记班主任的话，但在生活态度上仅限于脚踏实地、不敢懈怠而已，总体上似乎并没有“天行健”的气势，所以，初见这句“地势坤”，便有一种“寻它千百度”的感觉。班主任当初的赠言如果改成这后半句，大概对我比较合适。

由此我便想到，在对一些语言的理解和使用上，人们往往会根据自身的主观需要去决定整体话语的不同部分的命运。就像班主任给我的赠言一样，人们常常听到的是前半句的激励（或以之激励他人），但却很少得到后半句的忠告（或给人以忠告）。“自强不息”不仅容易成为个人成功的助推剂，而且会被上升为体育、科研甚至政治、经济领域内集体性的精神动力，而“厚德载物”的教化却因其内敛的姿态而备受冷落。特别是在更加注重个性张扬的今天，咄咄逼人的成功者虽然比比皆是，但内涵丰富的人格魅力却越发难得一见了。

同样的例子还有许多，比如中学的时候，老师教我们“学而时习之，不亦说乎；有朋自远方来，不亦乐乎”，详加解释，反复说明，但对随后的“人不知而不愠，不亦君子乎”却往往一带而过。前半部分固然指出了人生的两大“乐事”，但人生更为重要的“不愠”境界，却显然被很多老师忽视了。所以，我们的周围总是不缺擅于找乐子、会寻开心的人，而能做到“人不知而不愠”的人几乎绝迹了。

还有一些人们挂在嘴边上的话，常常使用，但或是因为无知，或是因为片面取舍，往往会使话语与它的本意南辕北辙。比如形容人与人之间尤其是夫妻、母子之间患难与共的感情，我们会用“相濡以沫”，可是庄子的原话却是“……相濡以沫，不如相忘于江湖”，只是因为前四个字所展现的一种生命姿态令人感动，便一厢情愿地宣判了“相忘于江湖”这种明智选择的死刑——在这里，形而上的情感压倒了形而下的活命。

再如，人们记住屈原的“常太息以掩涕兮，哀民生之多艰”，因为这句话被理解为“具有深刻的人民性”，却没有注意到紧随其后的“岂余身之惮殃兮，恐皇舆之败绩”更具有强烈的忠君思想——“哀民”和“太息”是因担心“皇舆败绩”，可见屈原最关心的并非“人民”，而是“君王”，阶级觉悟似乎高不到哪里去。

类似“选择性”的学习，常常让我们只知其一，不知其二。这还倒在其次，最常见的是望文生义，对一些知识的掌握南辕北辙。记得当初看到“三月不知肉味”时，便理解为“孔夫子三个月不吃肉”，后来才知道是“（听了韶乐）孔夫子三个月吃肉都不知道什么味道”。还有那句“无友不如己者”，原来以为是“不要和不如自己的人交朋友”，后来读了南怀瑾的《论语别裁》，才明白那是“没有朋友不比自己强的”，是告诫我们要尊重别人的意思。还有成语“七月流火”，本以为是“形容夏天炎热”的意思，后来才知道，“七月”指的是农历，公历已到九月；“流火”指的是星宿，此时流火星下坠，天气正在转凉，与“天气炎热”完全相反。

文字构造了话语，话语构造了知识，知识构造了思想……语言文化的博大精深，实在是有着大音稀声的力量。相比之下，以上种种人为的、客观的误解、曲解和片面之解，多少显得有些滑稽、可笑甚至荒唐。